旅伴文库·小说精品城际阅读

聂震宁／总主编
贺绍俊／主编

寻暖

陶丽群——著

漓江出版社
·桂林·

图书在版编目 (CIP) 数据

寻暖 / 陶丽群著 . -- 桂林 : 漓江出版社，2022.1
（旅伴文库 : 小说精品城际阅读）
ISBN 978-7-5407-8946-6

Ⅰ . ①寻… Ⅱ . ①陶… Ⅲ . ①中篇小说—小说集—中国—当代 ②短篇小说—小说集—中国—当代 Ⅳ . ① I247.7

中国版本图书馆 CIP 数据核字（2020）第 217093 号

XUN NUAN

寻暖

陶丽群　著

出版人：刘迪才
丛书策划：张谦
责任编辑：王坤
书籍设计：石绍康
封图摄影：石绍康
责任监印：张璐

出版发行：漓江出版社有限公司
社址：广西桂林市南环路 22 号　邮编：541002
发行电话：010-65699511　0773-2583322
传真：010-85891290　0773-2582200
邮购热线：0773-2582200
电子信箱：ljcbs@163.com
微信公众号：lijiangpress
印制：朗翔印刷（天津）有限公司
［天津市宁河区潘庄工业区六经路南侧　天津市鹏赢工贸有限公司院内 5 号厂房　邮编：301508］
开本：880 mm × 1230 mm　1/32
印张：6　字数：69 千字
版次：2022 年 1 月第 1 版　印次：2022 年 1 月第 1 次印刷
书号：ISBN 978-7-5407-8946-6
定价：50.00 元

目 录

Contents

总 序

聂震宁

《旅伴文库》乃应时而生的出版项目。当今之世，既是提倡全民阅读之时，又是全民旅行已成热潮之际，正应了古人“读万卷书，行万里路”的人生信条。究其实，现代交通工具大大方便了百姓的出行，旅行几乎成了普通民众的一种生活常态，“行万里路”已成简单的事情；而全民阅读则还在国家、社会的提倡中，普通人真正要“读万卷书”，似乎还比较困难。然而，唯其难，故而需要多方设法推动，长期用心提倡。漓江出版社策划设计这一文库，既顺应了现代人出行的需要，更是为全民阅读助力，颇具趁旅行热潮助推全民阅读，借全民阅读提升旅行质量的匠心。

相比较已经形成热潮的旅行，全民阅读似乎还不够热。尽管国家为倡导全民阅读加大力度，各级政府为开展全民阅读提供政策支持，每年“世界读书日”各地开展活动有声有色，“书香中国”活动在全国范围风生水起，家庭阅读、校园阅读、社区阅读、机关阅读渐次开展，有识之士一直在呼吁让阅读成为一种生活方式，然而，平心而论，许多主要是在外力推动下开展起来的阅读，距离“让阅读成为一种生活方式”愿望的实现，还有长路要走。

如何才能让这一愿望成为现实呢？我们以为，让阅读与日常生活相伴或许是努力的主要途径。全民旅行热潮形成，旅行已经成为普通百姓的一种生活方式，提倡在旅途中阅读也就是比较自然的事情。国际上曾有过“中国人不爱读书”的负面评价，评价者所举证的，正是旅行途中许多发达国家人士在读书，而许多中国人并不读书，颇使得许多极具荣誉感和自尊心的国人心中不爽。其实，要改变这一国际负面印象并不困难，最直接的办法就是让更多国人在旅行途中读起书来。当然，在旅行途中读书并非为了做样子给国际人士观赏，挣回一点面子，而是全民阅读之树必然开出的日常生活之花。《旅伴文库》正是为了催生这美丽的花朵而做出的努力。《旅伴文库》的出版宗旨“人生漫旅，好书伴你”，就是出版人真诚而温馨的承诺。

事实上，开展在旅行途中的阅读，对于提高我国旅游事业的质量也是大有裨益的。对于国人的旅行，一直都有些负面的评价，认为其盲目、简单、粗糙，缺少文化内涵和审美情趣，还有就是不读书。这些负面评价已经成为国民素质不高的重要证据。知书达理或知书达礼，不爱读书的民族谈何文化内涵和审美情趣！于是，近些年来，就有许多关于改善旅行生活、提高旅行质量的意见提出，其中有一条意见颇具感染力，那就是“带一本书去旅行”。

“带一本书去旅行”，其直接的用意是让人们在旅行途中闲暇时刻不至于无所事事。古人主张“第一等好事还是读书”，那么，人在无所事事时，第一等好事更应当是读书了。人在旅途中，休闲时也要保持着优雅的生活姿态，而阅读正是一个人最优雅的生活姿态。旅行是一个发现美、欣赏美的过程。“带一本书去旅行”，既可以读书明理，也可以直接帮助我们丰富旅行知识，探寻美的存在，增加旅行的深度和厚度。旅行即意味着暂时摆脱日常世俗生活的纷扰，暂时忘却生活中某些庸俗无聊的烦恼，所谓“偷得浮生半日闲”，让身心得到休养，那么，“带一本书去旅行”，可以借一本好书帮助我们超凡脱俗，让一本好书高雅的气质陪伴我们的灵魂，让一次次旅行成为与一本本好书相伴随的精神之旅。

应时而生的《旅伴文库》，其用意就是倡导“带一本书去旅行”，让精品图书成为旅行者的精神伴侣。在全民旅行热潮扑面而来的同时，也要让全民阅读热潮相伴而去，让“读万卷书，行万里路”的理想成为现实。

为了旅途阅读而设计的《旅伴文库》，自然要更多顾及旅行阅读的特点。旅行阅读当然是各有所好，专门为旅行者出版的图书，则要更多体现旅行者阅读的便捷、休闲、审美、精粹等需求的特点。《旅伴文库》的各个子系列设计得很具匠心。其中，“散文精品城际阅读”系列，一辑只选 7 位作家，颇有“七剑下天山”的气概；每人每本不过十来万字，极大突出了精选的精神，再配上雅致便携小开本软精装，精编精印，想必能吸引读者眼球而令人想要一睹为快。“漓江的书，买了再说”，是 20 多年前本人在漓江出版社社长任上为该社拟定的广告语，出版人的自信自许，竟然在这个系列的设计中重新得以体会。

《旅伴文库》已经出版“散文精品城际阅读”两辑共 14 种，每辑各有 7 人 7 种。第一辑有刘亮程的《半路上的库车》、朱秀海的《一个人的车站》、王剑冰的《水墨周庄》、徐则臣的《去额尔古纳的几种方式》、陈彤的《玻璃栈道》、阿德的《北行记》和董谦的《种稻记》；第二辑有彭程的《头脑中的旅行》、乔叶的《一杯白茶》、陆春祥的《霓裳的种子》、顾建平的《冬天我到南方》、谷禾的《黑棉花，白棉花》、陈世旭的《俗可以，别太俗》和王可越的《万物与我》。入选的每一位作家都以实力呈现，努力奉献自己卓具新意的作品。在邀约散文名家加盟过程中，散文专辑的主编、著名散文家王剑冰先生主张作品质量优先，要求新人新作质量必须上乘是自不待言，而名作家必须以力作入选则体现态度的严肃，因而，14 人 14 本小书实在称得上是精选精编而成，阵容齐整。自图书面世以来已经引起许多读者的兴趣，良好的市场效应和文学出版业内的好评，使得出版社信心倍增。

漓江出版社乘胜前行，《旅伴文库》又有“小说精品城际阅读”第一辑即将面世。第一辑的主编是贺绍俊先生。他曾经担任《小说选刊》杂志社主编，不但是著名的选家，还是著名文学评论家，其代表作就有《铁凝评传》等。贺绍俊先生邀约了7位堪称实力派的小说家加盟。7位作家四女三男，风格各不相同，放到一起来读，令我们竟有斑斓之感。

正由于眼前的小说家们让我们有了斑斓之感，我觉得有必要给读者们一一介绍。

女作家中有程青。这位曾被论者称赞为“创作稳定、持久、优质，具有一个作家天生应该具有的素质”的女作家，用曾经获得老舍文学奖的小说名作《十周岁》加盟。《十周岁》是一部杰作。作品把20世纪70年代的民间生活描摹得精细入微、有声有色，人物刻画得栩栩如生，令人不由得会惊叹作者透彻的生活观察力和出色的想象能力。

女作家中还有薛燕平。她在20世纪90年代的中国小说界展露风姿，也曾经获得过老舍文学奖，现旅居匈牙利。她的《曾经》一书收入的《曾经》《蓝》两篇名作，饶有兴味地讲述北京城普通百姓平淡自然有趣而时有情感波澜的日常生活。有论者指出：“薛燕平在北京胡同长大，这里成了她的文学福地。她在这里开掘了一口深井，她的小说资源几乎都出自这口深井。”

第三位女作家则是陶丽群。有论者认为陶丽群的小说“有梦的质地，惯于以最安静最平淡的方式暗示出一个人内心深处至为隐秘的关切”。我觉得她总是写得很细腻。她曾经获得过《民族文学》的年度优秀作品奖。她这次以《寻暖》一书加盟，书中收入了她颇具可读性的《寻暖》《白》两部佳作。前者讲述了一位被拐妇女悲凉无奈的一生，后者写单亲母亲把患有白化病的女儿托付给一位终身未婚的老太太的故事。作品尽管都在书写人的悲苦，可并不让人感到绝望，反而能激起读者内心良善的愿望。

第四位女作家是曾经获得鲁迅文学奖的叶弥。她的《成长如蜕》一书包括了《成长如蜕》《消失在布达拉宫的一头鹰》两部奇作。那么，何以称它们为奇作？首先是因为《成长如蜕》是她创作的第一篇小说，第一篇小说就引来许多喝彩，有论者认为她“灵感有如天赐，妙笔宛若天成”；而《消失在布达拉宫的一头鹰》，书名即令人惊奇，加上作家以平静而简练的笔法，描述了一个简单而情节富有张力的故事，并放射出不同寻常的光芒，故而我称之为奇作。

这里的男作家有夏商、弋舟、石一枫。虽然加盟作家男少女多，却丝毫不意味着阴盛阳衰。三位男性作家的作品阳刚之气十足，足以体现实力派作家的劲道。

夏商就是那位曾经在1999年策划“后先锋文学”活动，组织20多位后先锋作家发表小说和文论，造成20世纪末重要文学现象的颇具冲击力的作家。他曾有小说入选美国杜克大学《中国当代短篇小说高级读本》。这次入选的《初恋两种》由《我的姐妹情人》《恨过》两部小说构成。这位提倡后先锋文学的作家，将用内涵丰富的两种初恋来叩击读者的心灵。

曾经获得过鲁迅文学奖的弋舟以《李选的踟蹰》一书加盟。书中收入了《李选的踟蹰》《空调上的婴儿》两部小说，前者描写人际间的情感纠葛，后者讲述一位丧子母亲的永久伤痛，敏感而深致。这位还获得过《小说选刊》《小说月报》等重要刊物优秀作品奖的作家，正如有论者指出“始终保持着优雅的姿态”那样，即便讲述伤痛，也能给我们哲理和美学的暗示。

同样获得过鲁迅文学奖和《小说选刊》《小说月报》等重要刊物奖励的作家石一枫，他为读者带来的是中篇小说《营救麦克黄》，这部作品入选2016“《收获》文学排行榜”中篇小说排行榜。有论者指出石一枫“有一双捕捉时代人物的鹰眼”，他的小说往往从身边小人物切入，讲述属于这个时代中国人的命运，营救狗狗麦克黄的故事想必会让读者读来觉得生意盎然。

《旅伴文库》在“散文精品城际阅读”两辑之后重磅推出“小说精品城际阅读”第一辑，形成更大格局和不凡气象，相信这不仅会成为文学界、出版界各位同好的共识，也会成为众多文学读者的真切感受。更重要的是，当众多旅行者决心“带一本书去旅行”时，有了这些可爱而精致、精美的口袋书可供选择，可以从中找到温情相伴的旅途伴侣，成为一次快乐旅行的美好开始，自然是一件令人愉悦的事情了。

2021年2月第三稿

聂震宁，第十、十一、十二届全国政协委员，中国作协全国委员会名誉委员，中国韬奋基金会理事长，中国出版协会副理事长，《旅伴文库》总主编。

寻　暖

一

她躺在白色床单上，黄皮寡瘦，那头我羡慕的长发乱如枯草。我有些奇怪，滋养它们的生命这两年一直被病魔侵害，可它们依然那么丰茂。它们压在她小而圆的脑袋之下，在肩膀处乱成一堆。长发及腰，这是我对她最深刻的印象。她的双眼和双唇很干脆地紧抿着，对这个世界没有再看一眼和留下一句话的想法，脸上分明而柔和的线条依然显示这是一张男人喜欢抚摸的脸……

这是三个月后的今天我见到的她。我以为我会害怕，然而此时面对这个已经没有生命意义的人，我很想过去握住她瘦骨嶙峋的手。那只手无数次抚摸过我的头发，给我编过样式精美的辫子。然而很快我就打消这个想法，她再也感知不到人间任何冷暖了。

几个老头和我围在她的床前，我挨个看了他们一眼，认识其中一位，和他在她家里吃过饭，他是个退休音乐老师，会往地上无所顾忌吐痰。另外几位我着实眼生，不过我并不奇怪，这是她的事情。几个老头默不作声，被我瞅着倒不难为情。在他们眼里，我就是她的亲属，尽管我和她半点亲属关系都没有。她交代了，得我给她净身换衣裳，头发不要剪，烧后骨灰随我处置。可这时候面对她，我不知道如何处理眼下的事情。

退休音乐教师手里拎着一个纸袋，递给我。是她的衣服，我见她穿过，旧衣裳。

我没见光叔。

“她说穿这身，不要新的。”退休音乐教师说。

那几个老头开始往自己身上掏，随后每个人拿出一个白色香仪。他们真的老了，六十以上的岁数，其中一个老头朝我递过香仪包。

呃，他清了一下嗓子。“我们哥几个的一点心意，料理身后事。”几个老头纷纷把香仪包递给我。音乐教师脸上漫过一层潮红，看样子是要发火，但他只瞥了我一眼，然后转头去看她。

我们很快办理了各种手续。我们烧了她，几个老头站在高大的火炉边，我跑到外面去，在殡仪馆的小广场里仰望那座高耸的烟囱，一缕轻薄的黑烟袅袅升起，瞬间弥漫进广袤的天空，无影无踪，我再也无法找到她的踪迹了。生死相隔的伤感汹涌而至。

一把骨灰，我请司炉师傅帮我弄碎一点，差不多成粉末了，司炉师傅很惊讶，一般家属是喜欢留点骨头的。那些还成形成状的骨头我看着揪心，还不如一把灰好。我放进五百五十块的骨灰盒里，这是最便宜的了。退休音乐教师说，可以给他，假如我愿意的话。我不知道退休音乐教师在她心里分量多重，此番接受也能表明他对她是重情义的。可我还是不待见他，他黑得过分并抹了油的头发和差不多吊到腋窝下的插腰裤与他的年龄反差极大，这副年轻扮相显然是想缩小他和她父女般的年龄差距，我看着有种不正经的调子。如今她化成灰的性命在我怀里，由我做主，我不愿意让她落入别人手里。她一辈子不曾有人所依，她不属于任何人。

他有些难堪，可是相比她的人生际遇，他这些难堪什么都不算。我谢了另外几位老头，和他们握手道别，感谢他们来送她。

“她最后说了什么吗？”其他几个老头走后，我问退休音乐教师，我知道他姓张，在她嘴里一直这么叫，老张。

“没说什么，她说得少，不过我知道她在等你。她才住进医院一个星期，她一直不肯住院，后来昏迷了，我才把她弄进去的，肝病。她说她想回去看一看，只是看一看，还回来。”他说。

我想起她是跟我说过的，她多次给我打电话，叫我有时间多去她那里，她变得像个孩子，使出各种好笑的伎俩来哄我：来嘛，我给你编辫子，我给你做我们那地儿的小吃，来嘛。口气近乎哀求。大概三个月前，我去看她，她那时候已经很瘦了，但肚子却像怀孕几个月那样大起来，她说一辈子折磨她的肝，总是跟它置气，如今它发火了。可我忽略了她，因为我的婚姻正陷入危机当中，而我的父亲则被他一向认为稳稳把握住的生活涮了一把，撇下一堆乱事给我。

“你们为什么不在一起？”我微笑着问张老师，我知道他妻子早就去世了。

“她不肯。”他说，“把她安置好了，告诉我地址，每年总该有人给她烧烧纸的。”我点点头，他给我留了电话号码，以及她家的钥匙，金黄色的钥匙，就一把。

二

她是我们村唯一一个被赶出来的外地媳妇。我想很有必要先交代一下我们奇特而又善于孕育不幸的村庄。那是一座浮岛，四面环水，靠渡船和外界联系，有近两千户人家七八千口人，当然，她刚来时没那么多。这岛每年到丰水期会跟着水涨船高，枯水期又沉下去，极像一个在下头有一根稳固铁链子拴住的葫芦瓢。村人以种菜卖菜养家糊口，我们整个小县城的新鲜蔬菜至少有一半产自这座孤岛。七十年代末八十年代初，一些如我们的边远穷省份一度沦为拐卖妇女的重灾区，本地女人被拐卖掉，拐外地女人来当老婆的事情屡见不鲜，有点儿像如今的干部异地交流。别的村庄时常发生因看管不严而新媳妇逃掉的事情，我们的村庄却从未发生过。通过坑蒙拐骗到我们村的女人，一到岛上她们便可自由活动，根本无需看管。撑渡的劳改释放犯人高叔那时三十多岁，因为偷了外村的香蕉坠子被关三年，回来后我爸把撑渡的活儿派给遭遇亲人嫌弃的高叔，那时我爸是村小组组长，有点话语权，他和我爸其实属于朋友辈分。我爸告诫他，外地媳妇一律不准渡船外出，除非她们的婆家允许。高叔亲眼目睹不少被拐卖来的女人踏上他的船进入我们这座孤岛，我那口陕西话的妈妈也是渡船进来的，不过不是他撑渡。我们的村庄因此成为一个固若金汤的囚场，初来乍到时她们几乎毫无例外四处游荡，寻找可以逃脱的捷径，可是面对四面环水的处境和拒绝她们的渡船，几乎最后都忍辱求生，待儿女生下来，这时候赶她们走，也走不了，亲骨肉可怜巴巴的眼神，成为绊住她们的绳索。也有个把选择上吊或投水，成为异乡孤魂。外边人进我们村，遇见几个女人五六种外地口音那真是常见不过。更为奇葩的是，这些女人生下孩子后，教他们自己家乡的方言，孩子们聚众玩耍起了纷争，杂七杂八相互对骂的方言让人听得一头雾水，谁都不知道他们在骂些什么。

我十一岁读小学六年级时，她被拐到我们村，贵州人，说一些零零散散的普通话，嫁给贩卖牛马发家的陆卒子为妻。那时候的发家致富，顶多也就银行存几千块钱罢了，但相对以卖菜养家糊口的村民们来说，已经很了不得了。因此陆卒子娶妻着实也让村民们好奇，据说后来被我们称为陆嫂子的她是陆卒子花五千块钱买来的。那时候买一个外地女人当老婆，最体面不过三千，若娶本地女人，上万都不止，有趣的是本地女人被拐到外地后，卖的也就三五千，不知为何嫁本地索要的嫁妆却高得离谱，存心是想往被拐卖的坑里跳的。陆卒子在村里扬着平时赶牛马的皮鞭子，说不是娶不起本地老婆，就是想尝尝外地货的味儿。村里人都被陆卒子砸五千买来的女人牵动了神经，那女人到达我们孤岛一样的村庄时是在晚上，这是规矩，毕竟不是明媒正娶来的。我们簇拥在陆卒子家门外，看到那个长发及腰、身材小巧的女人。她身上的服饰很奇特，裤子和上衣都是蓝色的，裤脚、衣领、对襟、衣袖口都滚上精致花边，胸前挂一个很大的明晃晃的项圈，后来才知道这是一种少数民族穿戴。明眼人一眼就看出，这个嫩妹子肯定是外出赶集时被拐了，很俊俏，她的肤色是高山密林里人的白皙肤色，双手骨节粗大，有长年劳动的痕迹。马尾辫子已经很松垮了，也许是路上挣扎弄的，毫无例外流了很多泪水的红肿双眼、上翘的鼻子和嘴角显示她是个有脾气、性格倔强的女人。男人们有些幸灾乐祸地开玩笑：陆贩子，这可不是匹好骑的马，小心挨蹄子。陆卒子扬扬那根不离手的皮鞭，笑容蜜一样甜：兄弟们放心，明年这时候请诸位喝娃的满月酒。那个女人扬起软塌塌的眼神，说了一句我们大致能听得懂的普通话：我要回家。男人们哄地笑起来。被拐卖来的外地女人，都以这句话作开场白，然后这句话就成为她们不可碰触的隐痛深埋在沧桑的后半辈子里了。大部分被拐来的女人郁郁寡欢度过一生，也有少数几个像我妈这样适应力强的女人过得不错的。这座被铁链子一样牢牢拴住，如今被那些吃饱了撑的人称为世外桃源的浮岛，终日弥漫着这些被拐女人的淡淡忧伤。

我无心的一句话和陆嫂子结了忘年交情。陆嫂子还没来之前，牛马贩子过单人生活，扬一根皮鞭子神出鬼没在四乡八邻的牛栏跟前，常常十天半月不见人影。一个没牙的勤劳老爹按照乡村传统和大儿子过了，大儿媳妇也是买的，陆卒子帮出不少钱。陆卒子娶了老婆后，第二天摆宴席请亲朋好友吃一顿，自然少不了我爸，我妈按照自己的惯例当起热情的心理开导师，亲朋好友们在厅堂里吃肉喝酒时，她钻进陆卒子的新房，对陆嫂子进行既来之则安之的开导，整个宴席期间我们始终没见陆嫂子。我见到她时已经是她来我们村半个月之后了。

那天傍晚放学回家，我妈差使我到村后坡去挖野葱，她说要给我爸烙鸡蛋面饼，她始终不遗余力讨好我爸。那是她老家的特色家常吃食，她固执地认为家种葱花不如野生的入味。我在村后坡遇见陆嫂子。那地方是村里人用来堆稻草垛的，冬天当牛饲料。高大的稻草垛堆满一整片后坡，后坡过去一点是一片长满灌木的嶙峋贫地，也是野菜们的乐园。我认得很多种野菜，都是拜我妈所赐，她不见得喜欢吃，但几天不吃就受不了。长大后我猜测，也许她在老家就是吃野菜的，被拐来后却阴差阳错到了富庶之地，不然何以解释她兴致勃勃的生活热情？我沿着稻草垛边儿朝那片长满野菜的嶙峋地走去，目光穿梭在稻草垛之间的缝隙中，那里头通常会遗落些我们这些年纪的小孩们喜欢的东西，一截色彩鲜艳的头绳什么的。当我快要越过最后一垛稻草时，我听到一种沉闷的类似于被人捂着嘴巴后挣扎的声音，稻草也像是被碾压了，发出窸窸窣窣的声响。我估计有几个孩子在捉迷藏，我们常常来这里捉迷藏。于是我晃着布满筛眼的篮子轻手轻脚钻进草垛间。

我记得那个傍晚的夕阳特别柔和，洒落在晒干的蓬松金黄的稻草垛上，干稻草散发出淡淡的清香气息。我循着响声轻手轻脚走进去，转身大叫一声，可眼前的情景着实把我吓坏了，几条光腿在踢蹬着，一个光屁股下压着一个光屁股，旁边扔的一条皮鞭子立刻使我想到这是牛马贩子，他的脑袋下压着一张憋红的脸和一双圆睁的眼睛，嘴巴被陆卒子紧紧捂住了。那两个人被我的大叫吓坏了，慌忙拱起身子，陆卒子光着屁股把身边一抱稻草抱到那个女人身上，自己大笑着胡乱穿戴起来。好了，双喜双喜。他背朝着我大叫着，弄好后回头见到我，高兴得中大奖一样，眼见他的双手朝我伸过来要拧我的腮帮，我躲过了，朝他唾：流氓牛贩子。

陆卒子哈哈大笑，回头看一眼稻草下的陆嫂子，指派我：小妖，等一下领你嫂子回家，叔给你好东西吃。说完拍拍身上的稻草走了，他的脑门上还沾着一截稻草，我没告诉他。

陆嫂子在稻草下摸索着穿衣服，憋红的脸已经恢复白皙，眼睛依旧肿胀，散乱的长发沾满稻草。我站在那里，看她在稻草下摸索穿衣服，突然对她说了一句话："我妈也是买来的。"说完这句话我就脸红了，我听见自己的普通话如此蹩脚。那得怪我们的老师，整个小学六年授课全部讲本地土话，普通话令我如此羞于出口。

"我妈，那天，进你房间说话给你！"我继续磕磕巴巴地说。

她停下穿衣服，埋在稻草垛里静静看我。

后来她和我一起挖野葱了，一边挖一边流泪，我不知道如何安慰她，渐渐薄下来的夕阳被一个年轻异乡女人的泪水染得无比忧伤。

“我要回家。”这个我们单独见面的傍晚，我第二次听到她说这句话。挖完野葱，我送她回到牛马贩子家，贩子正在厨房里掌勺做晚饭，脸都快要笑烂了，他说正在给我煎荷包蛋，我瞪这流氓一眼，走了。

我们这地方有个杂碎风俗：野合生子，如若被人撞见，特别是被孩子撞见，男孩子撞见野合，则双胞胎儿子，被女孩撞见，龙凤胎就大有可能了。有意思的是，这混账风俗灵验度极高，村里双胞胎儿子和龙凤胎极多，因此他们的父母常常被村人拿来开玩笑逼问：到底在哪里颠鸾倒凤被谁撞见了。后来本地有些三流专家专门研究这一现象，得出结论两个：一是和这浮岛的特殊结构有关，二是和异地结合有关。不管哪一条，陆卒子被我撞见，算是撞大运了。晚上，贩子给我们家提来两只阉鸡，我妈那晚背着我爸把我数落得她自己都掉泪了，任何能生儿子的人都令她不舒服，如今别人生儿育女的好运居然是她的孩子带去的，她越发伤心不堪，她一直想给我爸生个儿子。

我和陆嫂子常常在后坡见面。她隔三差五去那里扯稻草，也挖野菜。她扯一搂特别金黄的稻草，去掉其中夹杂的干草，然后烧掉，把稻草灰泡在水里，泡出一层橙黄透亮的水，把这层水倒出来洗头发。我把我妈的海鸥牌洗发水偷给她，她说：这个不管好！我有限的普通话不理解这不管好是什么意思，但大致明白她不喜欢用洗发水。陆嫂子那把长发真是好，光滑油亮，极像一匹闪着幽光的黑缎子。牛马贩子喜欢看她洗头的样子，一盆冒着热气和稻草幽香的琥珀色稻灰水搁在长条凳子上，陆嫂子弯下腰，把长头发浸泡进水盆里，慢慢揉搓，洗得极为细致，也很漫长。有时候她会给我拿来一只口盅，帮她往头上淋水，牛马贩子总是过来夺下我手里的口盅，想融入这诱人情景里。陆嫂子直起腰，双手抓着湿淋淋的头发，瞪他，贩子只好讪笑着扔下口盅，伸手拧一把我的腮帮：你跟你妈一样，是个人精。他退回屋檐下，端坐着注视自己买来的女人。

我常常去挖野菜，一点红、糯米菜、松子菜、野扁菜，甚至猪头草。我拿把小锄头，在夕阳下挖野菜，我倒是喜欢这活儿。我在村里极为孤单，村里和我一般大的孩子，他们的妈似乎都很讨厌我妈，不允许她们的孩子和我玩。本地女人生的孩子，看不起我们这些异地杂交孩子，对我们从来都是掷瓦片和石头疙瘩。我倒喜欢跟我爸，可我常常连他的影子都抓不到。另外我还喜欢到光叔的船上看江水，他乱糟糟的仓房里有不少好玩意儿，色彩鲜艳的石头和奇形怪状的贝壳，只是他常常把我锁在臭脚臭汗臭烟的小仓房里，极少让我到甲板上玩，怕我栽到江里。挖野菜倒让我惬意不少，挖着挖着，一锄头拍到停在野菜尖上的蜻蜓。

“狠娃娃！”陆嫂子撞见我屠杀生灵，她必定这番叹气。她也来挖野菜，只是她挖得极少，一小把，做一碗汤水还行，而且她只挖一种，我不晓得是什么菜，我把那菜挖回家，我妈不认得，捡出来扔掉了。

“陆叔不吃？”我瞧她手里那小把野菜，她挖得倒挺好，很肥嫩。

“你，几年书？”她答非所问，我揣测好一会，才明白她问我读几年级。

“六年。”我也简单地说。

“我三年，两个弟弟，双生的，和你个子高。”她拿手比量，磕磕绊绊地表达，她又说：“我有相好的。”

“相好的？”我不明白，她哀怨地看我一眼。

“我给你弄辫子吧。”她摸摸我的羊角辫子。我们坐到田埂上，橘黄色的夕阳洒在稻草垛上，成群的蜻蜓在晚霞中漫天飞舞。那时候的蜻蜓真多，低低地盘旋在人的头顶上。我们的友谊就在暮春的傍晚开始成长了，我的脑袋因此常常有各式各样的好看辫子，令我极为骄傲。我爸有时候会摸我满头花样繁复的辫子，感叹牛马贩子买到一个心灵手巧的女人，我妈因此好长一段时间不允许我再去陆贩子家里。

我们这村庄的女人，其实过得蛮闲适的，菜地和岛外少许稻田全都是男人伺候，女人在家生儿育女管家务活儿，因此有大把时间花在家长里短上。我妈在村里的遭遇和我相似，她极力讨好我爸和本地女人，因此遭外地女人排斥，本地女人又不屑和她交往。她也很孤单，但她善于掩饰，见人就黏上去，说极为体己的话。陆嫂子更闲了，牛马贩子家里连菜地都不种，河边的菜地除了留一块给陆嫂子种吃的，全部都给他兄弟种了。陆嫂子来我们村三个多月了，依然没有怀胎迹象。她每天给牛马贩子做做饭，洗洗衣裳，伺候几分菜地。更多时候我看见她小巧的身子倚在门框上，一只脚在门里，一只脚在门外，手心里窝一些南瓜子，嗑着。她的神情是闲散的，闲散中裹着一丝不易觉察的落寞。只有她低头看手心里的南瓜子，另一只手的几根手指头在掌心里轻轻划拉南瓜子时，那丝落寞才漫上来，落在她身上的某个地方，也许是那几根划拉南瓜子的手指，也许是倚靠在门框上的那个姿态。她渐渐熟悉我们的村庄了，极少和谁交往，和我颇为亲密。她和我一起挖野菜，给我编辫子，喜欢让我带着她沿江边绕我们的村庄走。她边走边注视辽阔的江面，从这边望向那边的江岸。

“喔，你和他熟？”她指着在江里航行渡船的光叔。

“我爸管他。”我有些卖弄地说。

“我对你好不好？”她问我，摸摸给我新编的辫子。

"我要见他，你能带个话么？而且不告诉别人。"她小声说，白皙的脸好像因为说了一件不怎么得体的事情而涨红起来。

"可以的。"我满口答应。

这件事发生在陆嫂子来我们村庄差不多半年时，夏季过去了，渐渐进入枯水的秋季，江水慢慢退下，江面逐渐变得窄小了。牛马贩子眼见陆嫂子总不开怀，弄来各种中药叫她熬药喝。陆嫂子很听话，每天摇一把扇子生炉子熬药。牛马贩子相信买来的女人是正经跟他过日子了，给她打了一对金耳环并强迫她戴上。这对金耳环让我妈揪心老长一段时间。我还有个把月就要去县里上初中了，我极为向往初中的生活，可以远离家，住集体宿舍，关键是还可以买一辆自行车，这些极富诱惑力的事情使我下了不少力在复习上。那时还没实行九年制义务教育，小学毕业考跟高考一样有压力，还好，语文数学我考了 156 分，上初中十拿九稳。那段时间因为沉浸在即将上初中的兴奋里，整日去已经上了初中的学姐家缠磨她们讲初中生活，去陆嫂子家没那么勤快了，有时候我十多天都没去过一次她家。有一天傍晚，我妈又派我去挖野菜了，我刚刚到后坡上，陆嫂子就从一堆稻草垛上坐起来，显然在等我。

“你不来了？”她有些担忧。

“我要上初中了，去县城。”我说，和她一起蹲在野地里挖野菜，她脸上的忧愁浓如漫天晚霞，她帮我挖，她的已经挖够了。

“我说想见开船的，今晚可以吗？”她磕磕绊绊地说，非常信任地盯住我，我点点头。吃过晚饭后，我就跑到江边找光叔，把陆嫂子要见他的事情和他说，他吓得厚嘴唇都哆嗦了，他警告我：我做的事情如若被陆贩子知道，他定是要把我扔进江里喂鱼，你爸也不会轻饶我。我说陆嫂子只是想见见你，她说你像她弟弟。我撒了一个很滑稽的谎。光叔比陆嫂子年长十岁都不止，怎么可能长得像她弟弟？光叔站在甲板上，静静望着江面发了一会儿呆，答应了。晚上八点半收渡后，光叔按照我说的来到后坡那片稻草垛边等着。陆贩子过了新婚期后，又开始几天几夜外出贩牛马，不过他留了个心眼，叫他的大嫂过来和陆嫂子住，替他看人。晚上我到贩子家里时，那个也是买来的大嫂没什么疑心，轻轻松松就让我们出门了。我们来到后坡上时，皎洁的月光把野地照得一片澄明。陆嫂子叫我在稻草垛外等着，帮看人，她和光叔进了稻草垛里。我听不见他们说的任何话，野地一片虫鸣蛙叫，他们大概在稻草垛里讲了半个小时后出来了。陆嫂子叫我帮她把身上的稻草捡拾干净，我们就回家了，我没看见光叔。

那段等待初中开学的假期，我一边忙着准备上初中的生活用品，一边久不久帮陆嫂子给光叔传话，有时候晚上还陪她到后坡去和光叔见面。我不知道陆嫂子想干什么，她已经很久没和我提要回家的话了。

临近开学那几天，我妈带我去县里买被子。在渡船上，她盯住光叔看半天，突然笑起来，用别扭的本地话问：她叔有对象了？她一问，满船人都朝光叔看，发现他那头长年油腻的齐肩长发剪短了，杂草一样的拉碴胡须剃得精光，衣领上乌黑的汗渍也没了，稍微收拾一下，这犯人还是蛮好看的。光叔很紧张地看我一眼，我转过头，闷闷不乐盯住有些污浊的江水。这几天我妈和我爸怄气，我爸整日不回家。他在照例进行每月抄表收电费时，在一户人家停留过久，那户人家只有一个女人领一个孩子在家，男人在砖瓦厂烧窑子，据说在外头有相好，极少回家，巧的是那天她的孩子正好不在家。这事被一个多嘴的女人传到我妈那里，我妈因此多日让家里一日三餐全是她爱吃的野菜。我爸很不满意，借口忙村里的事整日不回家，我的自行车问题因此悬而未决，我妈只能做得了买些衣物被子的主，自行车这样几百块钱的大宗事情，我爸说了算。我的自行车问题一直到我上初中三个月后才解决。那时候冬天已经来临了，江水退下去很多，江面越发显得窄小。我每个周末回家看见陆嫂子在熬中药，一进她的家门，就闻到浓浓的中药味。陆贩子时常十天半月不回家，凭良心说，他是个不错的男人，陆嫂子不开怀，陆贩子没对她有任何怨言，每次出手牛马归来，一大包吃的用的，什么都不落下。回来享几天女人清福后，又出门了。陆嫂子和光叔依然继续见面，只是他们得等我每周一次回来给他们打掩护才能相见。初中生活的新鲜劲还没过，我眉飞色舞地对陆嫂子絮叨那些新鲜事情，八个人一间宿舍，洗澡时相互看见彼此初发育的幼小乳房……我哈哈大笑，陆嫂子埋头剥毛豆，偶尔抬头心不在焉看我一眼。我记得那时候流行一种包头发的黑色网兜，类似如今的网眼丝袜，把头发箍成一个圆髻，罩上点缀有红色黄色细小珠子的头兜，真是好看。陆嫂子就兜这么一个头兜，陆贩子宠她。

进入冬季后野菜渐渐少了，不过我每周就给我妈挖一次野菜，还能对付过去，陆嫂子好像三天两头去挖，而且只挖一种野菜，那片坡地很快就要没有她要的野菜了。她把那些细小的幼苗挖回家，种在陆贩子家后园，当成蔬菜一样种养。我们依然在后坡挖野菜，冬季的坡地黄昏一片沉寂，弥漫着清冷的空气。

“陆哥知道了不好。”我说。

陆嫂子知道我说什么，看了我一眼，满眼哀求。

“嗯，我不会告诉任何人的。”我向她承诺，不知道为什么我老是觉得我能够帮助她，并且应该帮助她，即便她可能做的是一件错事。但不久之后我的承诺就变得毫无价值了，我用它换来一辆自行车，很有可能也换来了陆嫂子悲凉的半生际遇。

“我有相好，我想回家。”陆嫂子在这个飘浮清冷空气的野地黄昏第三次说要回家，上初中后真是长了不少见识，连相好我也弄懂了。

“你是怎么被骗来的？”我问她。

“和亲戚上街，后来就迷糊了。”她的神情很迷茫，努力回忆一件她自己也很费解的事情。

“怎么迷糊了？”我瞪大眼睛问她。

“老是睡觉。”她说，然后一点稀薄的笑漫上她的脸，“我的衣服，那天，好看？我妈做的。”

“好看啊，”我开玩笑说，“什么时候借我穿穿。”

她居然笑起来，眉眼那么好看，她捏捏我的腮帮子：“那是要做新娘才能穿的，你想男人了？”

我也大笑起来，“你还没嫁，你不是也穿了嘛。”我说。

她低下头，说：“本来就快要嫁的。”

之后我们沉默了很久，直到我们挖够了野菜，我才问她：“可你要怎么回去呀？他们不给你上船，你也游不过去的，我们村最会游水的人都没能游到对岸。”

“我有办法的。”她坚定地说，但不肯告诉我要怎么走。她毫不迟疑的坚定表情使我很难过，我被一种即将离别的伤感包裹住了。

那段时间我很心烦，我的自行车还没到手，而陆嫂子时刻准备离去，这两件事情折磨得我寝食难安。我妈教我百般孝顺我爸，可我的自行车依然还没着落。我发现自己成为父母相互抗衡的一颗棋子。我妈以我在这个家里取得衣食，而我爸则通过冷落我来警告我妈不要过于得寸进尺。那段时间我很厌烦见到我父母，每周六回家，我从县城搭车回到乡里，然后渡船回家。从班车上看见沿路骑自行车回家的同学，我伤心得几乎落泪。回到家我基本不待在家里，总是往陆嫂子家里跑。我真担心哪一次去陆贩子家时忽然就不见她了。还好，老远我就闻到那股浓烈的中草药味，简直令我欣喜若狂，自己都不可思议为何如此依恋她。

我在一次偷窥中发现了陆嫂子和光叔的秘密。有一次周末晚上，我又为他们打掩护时，偷听了他们的谈话。

“很稳的，放心，刀都砍不断，我找的竹子可靠。”光叔结结巴巴地讲普通话，我差一点笑出来。

“我放心的，还要等几久？”陆嫂子轻声问。

“快了，学生放假就好，那时最冷，水枯厉害，江面窄，我知道哪段江面最窄，你等我的话。”

“多谢你，若能回，我定寄钱给你。”

“不要谢了。”

很长一段时间再也听不见他们说话，我从稻草垛里出来，依然站在田埂边上等着。冬天的旷野很冷，黑暗中我看见一个亮光远远地朝这边走过来，于是大声咳嗽一声，陆嫂子很快就从稻草垛里出来，回去的路上碰见牛马贩子打着手电筒，他看见我们立刻笑着迎上来，我有些于心不忍，觉得陆贩子倒有些可怜起来，他对陆嫂子，是真的好。

上初中第一学期快要放假时，我盼望已久的自行车终于到手了，但却是以把陆嫂子推向灭顶般的灾难换来的。

我在一次周末回家的睡梦中大叫几声船，我妈把我摇醒，问我什么船，一定叫我告诉她梦见了什么，她相信解梦。我瞌睡得厉害，经不住她几次摇晃，迷迷糊糊嘟哝：陆嫂子做了一只船。等我再次回家度周末时，看见一辆崭新的女士型天鹅牌自行车停在院子里，我爸和我妈和好如初，我发现我妈居然戴了一副金耳环，比陆嫂子的那副小了点。我在梦中泄露了陆嫂子的秘密，这个讨好丈夫心切的女人把这秘密告诉我爸，他连夜托人四处找回牛马贩子，最终大家在稻草垛下找出一只崭新的竹筏。陆贩子在竹筏上淋了汽油，烧掉了，他不打她，却使劲抽自己耳刮子，哭着问陆嫂子到底还想要什么。我爸这种维护自己村民“财产物品”的行径得到村里人极大肯定，因此威信增加不少，心情大爽，自行车因此到手了，我妈也获得一副金耳环奖赏。

陆嫂子始终没说是谁帮她做的竹筏。那年整个寒假，我极少出门，怕碰见陆嫂子。我去过几次后坡，有两次看见她蹲在野地里挖野菜，孤单单蹲在那里，裹一条蓝色头巾。我钻进稻草垛里，静静看她，很想过去和她说说话，悔恨和愧疚却拴住了我的双脚。

三

骨灰盒很小，类似装中药的小柜子，琥珀色，面上雕刻简单的花纹，装在我大如簸箕的布包里。我的包包里有钱包、手机、湿纸巾、水杯、雨伞、钥匙、几根发夹、一包棉签、唇膏、粉盒、眼线笔，生理期时还装卫生巾，此时她跟这些东西待在一起。我如常背着这个超大的杏色棉布包，她的存在并没使我的包增加多少分量。生命原来如此轻飘，生前种种际遇，如花似锦也好，黯然失色也好，都只不过是如今一把灰烬了。我带她回家，她没来过我的家，我邀请过，她一直拒绝。家里很凌乱，地板上的脚印清晰可见。我的丈夫正在阳台上刮胡须，高大的身板把阳台衬得很小。他转过身，脸上带着诚惶诚恐的表情，对我僵硬地笑了笑：这两天我帮你浇花了。说着他低头看看脚边拥挤的花草。我朝他点点头。他正在等待我签字离婚。嫁给这个拖了儿子的男人后，他闪烁其词表态，不愿再生孩子了。我吞咽下这个残酷的现实。有时候半夜醒来，我会摸索着爬起来，在黑暗中静静看着床上这个男人，会感到一阵彻骨寒意。现在，这个荒唐的男人居然在四个月前一脸悔恨地对我说，他在外头不小心，他说是不小心，让一个女人怀孕了，那个女人死活要生孩子。他权衡之下，觉得打发掉一个不曾和他有骨肉关系的女人比怀了他孩子的那一位要方便得多。他对我摊牌那天，我居然连生气都没有，没有愤怒，也没有眼泪，一股深重的屈辱感把我压垮了。我点了支烟抽起来，朝他点点头，对他说了一句：让我想想。一直到现在。他很着急，估计外房肚子已经大得受不了了。我不知道那女人是谁，他们是怎么认识的，多久了，我一无所知，也不感兴趣。这段时间以来，那股屈辱感一直沉重地压在我心上，我想等它消了之后再解决掉婚姻里的事情，但它一直不消。我承认，即便他残忍剥夺了我当母亲的权利，但要立刻放下，我一时难以做到，我需要一些时间。他一直小心翼翼和我说话，并非对我还有一丁点儿尊重，他只是暂时示弱想达到他的目的罢了，他是个内心强硬的男人。他还有一层顾忌，他那位从小一直上私立学校，最后却连个普通大学都考不上的儿子跟我相处相当好，在一定程度上比跟他老子默契得多，他可以一个月不跟他老子说话，但会和我说上那么两三句。那是个公子哥，屁股后头整天一帮小喽啰跟着，只差没杀人放火了，某些时候也相当深明大义，这得看他的心情，想一想我得磨多少耐性和隐忍才能和他有这份交情，自己都觉得不可思议。这样的孩子一般是极自私的，如若他知道将会有个孩子和他分享他老子，天知道他会做出什么事儿来。假如我愿意，他真是一张不错的牌，只是我不知道这样做有什么意义……眼前这位荒唐先生，婚后两年我们就分床而睡了，我极为害怕深夜醒来后看到身边这个连孩子都不愿跟自己生的男人。各自关上房门之后，彼此的世界就不再相关了，这算不算是某种程度的相互放弃？我想磨一磨这个不懂事的男人，让他煎熬一阵子。

我坐进沙发里，抚摸我的包包，哦，亲爱的女人，此时，我们又在一起了，你却不能再和我说一句话，我对你的愧疚永无机会说出口。我心里酸楚极了，拎着包包进卫生间，脱掉衣服淋浴起来。我不想在这个陌生的男人面前流眼泪，我的眼泪与他无关。我把包包放在卫生间的椅子上，在她面前赤裸着，包括我的泪水。我带她去住五星级酒店，把她放在我的另一侧睡觉。带她去省城逛梦之岛，去万达看电影，带她去美容院做美容，到瑜伽馆做瑜伽，到酒吧喝酒，到咖啡馆去喝一杯一百八十元的原味咖啡，还带她去花鸟市场赏花。我摸着包包对她说：喏，我们来这里，你没来过的，我带你来。我还带她坐在我们这座城市的江边，望着日益污浊的江水默默流泪……我不知道她会在何时流泪，流泪时会想到什么。

陆嫂子欲私自造船偷渡出岛的事情败露后，牛马贩子变得谨慎了，把没牙的老爹接回家跟他住，他出去贩卖牛马时，老爹看儿媳妇。他有些不相信自己的大嫂，认为陆嫂子造船和她脱不了关系，他的兄弟因此把老婆收拾了一顿。陆嫂子依然悄无声息出门，去菜地、后坡，沿江边捡拾顺流而下的浮柴，老爹远远跟着，像一根看不见的绳子。我依旧不敢去见她，一个寒假过去，新学期又开始了，每周回家，我变得很孤单。我在渡船上都不敢直视光叔，他对我没以前那么热情了。我妈也很孤单，那些外地媳妇公然对她表示厌恶，她去码头洗衣服时，远远看见她过去，那些外地媳妇就自觉围成一堆，背对着她。我妈于是极力想融入本地女人堆里，她常常端着她家乡的风味小吃去几个村干部家串门，和他们的老婆孩子套近乎，那些女人也不待见她，客气里夹杂冷淡，委婉的拒绝姿态端在那里。大家都觉得这些被拐卖的外地女人可怜，能逃出去也是件好事，告密者令人憎恨，可是又不断有操不同口音的女人被买进来，大地的胸怀博大而博爱，什么都可以滋生并百川皆纳。

我看到我妈的难堪，但她极力掩饰。可我无法掩饰我的孤单，我远远跟在陆嫂子身后，她一个人孤零零地在村里行走。她安静，细碎的脚步，脑后盘着圆发髻，整个人透出一种非常安静的气氛，我被她吸引着，远远望着她，从来没感到这么孤单过，那段时间我对我妈简直憎恨至极。一个乍暖还寒的周末，我又到后坡挖野菜，站在一堆稻草垛边上，往那片渐渐泛绿的坡地望去，那里空无一人，偶尔一只什么鸟从干枯的荆棘丛扑啦啦飞起，很快消失在我的视野里，空旷的田野飘浮着清冷的空气。昔日和陆嫂子在这片坡地上说笑的情景折磨得我无比伤感。我蹲在野地里好半天，却没挖一棵野菜。直到看见一双灰格子布鞋移到我跟前，我才吃惊地站起来。她安静地站在我跟前，嘴角微微翘着，一个浅浅的笑容挂在她的脸上。我记得那一刻我心里涌起一股强烈的委屈，泪水顿时落下来，她有些吃惊，然后说：不怪你的，你总不来。我很想对她解释几句，见她真没有半点责备我的意思，只好沉默。

我们又一起挖野菜了。那个春天的薄暮时分，我的孤单渐行渐远，一个内心充满伤痛的女人给予我巨大的慰藉，其实她并没多说什么，她身上的安静和一种静静流淌的力量使我内心获得安宁。

不久之后，我开始在村里听到关于陆嫂子的闲言碎语，男人们像狗捡拾到骨头般兴奋，女人们的态度则暧昧不清，同情，损毁，嘲讽，外地女人们集体沉默，我妈有些幸灾乐祸。我对她更冷淡了，周末回家就往陆贩子家里钻，她很生气，我一直和她有种说不清道不明的隔阂。

关于陆嫂子的风言风语是这样的：这个因为男人十天半月不在家的寂寞女人，擅长勾搭男人，村里一些成家的不安分男人曾经和她在稻草垛和甘蔗地里苟合，连她两边乳房大小不一都说得一清二楚。这样的风月事情在二十多年前的农村发生是何等骇人听闻，陆嫂子在村里成为一个极神秘的女人，背后总有暧昧不清的目光像狗皮膏药肮脏黏着。她更孤单了，偶尔和她搭话的几个外地女人也不再和她走近，我成为她唯一可以说话的人。关于这些流言蜚语，我不置可否，这不关我的事情，我喜欢和她待在一起，就这么简单，不过听见别人在背后议论她，我还是很难过的。流言蜚语在村庄里泛滥很长一段时间后，陆贩子才知道，人人都以为这个口袋里塞满钱的男人会把败坏家风的女人好好收拾一顿，然而我们却时常听见陆贩子瘆人的号啕从他家里传出来，然后就看见他满脸委屈出门，脸上濡湿的泪痕未干。陆贩子开始在家里守着女人，常常好几个月不离开村子。但那些关于陆嫂子的风月事情还是不断冒出来，花样不断翻新，陆贩子非常痛苦，他从未动过陆嫂子一根手指头。他开始喝酒，喝醉了不断捶打自己的脑袋哀号，他的哥们看不下去了，劝他揍女人，往死里揍，揍牲口那样，不信揍不服。陆贩子拎一个酒瓶子，朝他的杂碎朋友砸过去了。

“买来揍的吗？你们这些牲口！”他醉得双眼血红，脸上没有愤怒，只有委屈和哀伤。这个从小没了母爱的男人，也许是真心想疼爱一个女人的。多年以后回忆起陆贩子当年的隐忍，如若陆嫂子安心下来过日子，也许她的人生将会很圆满，在我认为她处于最糟糕的境遇时，不知道她是否有过悔意。

一个周日的中午，我们又在坡地见面了，陆嫂子还挖那种我不知名的野菜，一种叶子细长、叶边带毛茸茸刺齿的野菜。我蹲在她身边，忽然有种奇怪的念头。

“你若是我姐，多好。”我望着她，她戴一顶蓝色的毛线帽，和今天大街上那些时尚前卫女孩的装扮一模一样，蓝色衬她白皙的圆脸，一把黑发缎子般披散在身后，好看极了。那时我脸上正长些令人心烦的疙瘩，非常羡慕她那张素净的脸。

“你喜欢，就叫好了。”她说，声音很轻柔地散落在柔和的春光里。我叫不出口，直到她故去，我一直叫她陆嫂子。

“你，为什么那个样子？”我犹犹豫豫地问，我想她知道我指的是什么。她抬头，目光穿越透亮的阳光，跌进坡下那条包裹着我们村庄的叫作右的江里，是的，那条江叫右江。她什么都没说，安静地蹲在阳光里。

“陆叔很好，他不打人。”我又说，隐隐有些同情陆贩子。

“我已经有人的，”她说，“我希望他给我回家，我会给他钱。”我有些难过，不知道怎么安慰她。

“你试试嘛，那个，洗头发。”她好像也不喜欢谈这个，指着坡地边上的稻草垛，我摇摇头。

“在学校，没办法。”我也简单地说。

“你回来，洗一次就好，我帮你。”她笑着说。

“那要脏死，一个星期洗一次。”我说。

“不脏的，你闻闻。”她说，抓一把油黑的头发捧到我鼻子底下。我还是摇摇头，觉得只有她这样玲珑美好的女人才配得上那样精致的洗法。

因为我和陆嫂子走得近，很多对陆嫂子极感兴趣的好事之徒和我套近乎，想从我这里探听到关于陆嫂子的事情。

他们挤眉弄眼地问：“那只小母鸡，怎么个弄法？”

……

上初一第二学期时，我爸当上了村副主任，我妈一直没能再给他生个一儿半女，她整日愁眉不展，大把大把烧香，本地的女人渐渐接纳了她，我感觉和她之间的距离却越来越远。我们很少像我和陆嫂子之间那样聊天，就连人生的第一次生理期该怎么做，都是陆嫂子教我的，我妈在无意中撞见我熟练地叠卫生纸护垫，很长一段时间沉默得都不像是她了。她其实很孤独，只是她不肯让我知道，如若她肯把泪水和忧伤呈现给我，也许我们之间的隔阂不会那么深的。在我上初二年级时，村里居然开始流传我爸和陆嫂子相好的事情。很多女人幸灾乐祸，一半是看我还会不会去找那个祸水玩，一半是想看看整日把“我孩子爸”挂在嘴边的我妈怎么办。我妈极为平静，只是不爱去串门了，整天在家里收拾家务活。有一个周末回家，睡到半夜时醒来，看见一个黑乎乎的影子坐在我床边，我吓出一身冷汗，在黑暗中迅速向床角缩去。

“小妖，是妈。”那是一声哭腔，我拉了灯绳，看见她披头散发的，满脸的泪痕，我一时不知道该怎么办，心里突然剧烈疼起来。我妈面对我爸的流言蜚语，和陆贩子对陆嫂子的风月事情如出一辙，不拿当事人撒气，而是折磨自己，她动不动就躲在房间里默默流泪。那段时间我第一次觉得我妈对于我来说如此重要，她的泪水和哀伤使我意识到她才是我在这个世界上最亲近的人，无人可替代，我们的爱与哀愁如此息息相关。那段时间我周末回家寸步不离跟着她，下菜地，到码头洗衣裳，做饭，然而她的笑容渐渐少了，我没有意识到人生的第一次灾难在向我逼近。我不再去找陆嫂子了，我和陆嫂子的友情遭遇第二次疏远。

第二学期快要放假时，关于我爸的流言蜚语更不堪了，对象不仅是陆嫂子，还有几个比我妈年轻的小媳妇，我爸去收电费，小媳妇们就娇了嗔了，我爸在她们的颦笑之下为她们减了不少电费，脏污不堪。对此我妈充耳不闻，从不责问我爸。那段时间我爸对我妈很客气，劝她多逛逛街，买点儿好衣服穿。她只是盼望周末我能回家，然后带我到县城给我买很多新衣服。我们在渡船上见到光叔，我妈再也不像以往对他热情招呼。放假之前最后一个星期，我又像以往渡船回家，因为忙于复习，我已经两个星期没回家了。在渡船上，一船的人都看着我，但并未对我说什么。到达村里的码头时，光叔泊好船，叫住我。

“小妖。”他说，把撑船的竹竿插进江里，江面的水流速很快，又要进入咆哮的丰水期了，水草丰茂的季节。然而我却迎来了生命中最为严重的一场霜雪，我的妈妈，在一个毫无征兆的早上，带上五百块钱离开家，直到现在还没回来。光叔犹犹豫豫地把我妈离家出走的事情告诉我，我扶在船栏杆上，心里疼得无法站稳，呼吸着略带腥味的江边空气大口大口干呕起来。

整整一个暑假，我没出门，也没和我爸说一句话，整个人处于一种悬浮般无着无落的虚幻中。我爸把出嫁的姑姑叫回来，叫她陪我，而他四处托人打听我妈的消息。我的姑姑整天给我说毫无意义的安慰话，我很讨厌这个一脸苦相的女人。我被一种深重的悔恨折磨着，我和我妈朝夕相处十几年，我从来没试图去理解过她，从来不关心她内心的伤心和想法，从来没问她的老家里还有什么人，她会不会想家，她是怎么到我们家里来的，我一概不知。我抱着她给我买的那堆新衣服，那像她的遗物，我连呼吸都是痛的。

初二准备开学时，我收拾好我的行装，乱七八糟绑在我的自行车后架子上。我爸站在我旁边，除了给我准备学费和生活费，他不知道该帮我做什么。他面目极为可憎，胡子拉碴，衣领也油腻腻的，看谁的目光都慌乱而忧愁。我和他同时都明白了，这个家其实因为我妈的存在而成为家，而我们从没珍视过她，如今，我们失去她了，谁都不知道这个家今后会变成什么样。陆嫂子这时犹犹豫豫走进我家院子，她一声不响站在我身边，站了很久，然后对我轻声说，一会儿去她家里一下。

“去吧。”她说，近乎哀求的口气。这个来我们村庄一年多的名声极坏的女人，不知怎么的，我始终恨不起她来。我来到陆贩子家里，牛马贩子又喝醉了，赤裸着上身躺在地上。只要他不出去赶牛马，他几乎是以酒为伴，整天烂醉如泥。

陆嫂子给我做糯米卷，馅是拌了糖的红豆沙。

“吃吧！”她说，把我拉到饭桌边坐下，我坐下了，却无心吃。她陪着我默默站了一会，转身进房间拿一把梳子出来，开始给我梳头扎辫子，我背对着她默默流泪。

“我和你爸，不是他们说的那样。”她说，我倏地站起来，扯散她给我扎了一半的辫子，转身走了。

四

上初二后我极少回家。短短一个暑假，改变的事情太多了，我妈走了，我变得爱学习起来，变得沉默寡言。我不和任何一个女同学说话，好几个男同学给我递了纸条。我的个子长高不少，一头长发散乱如麻，也许心如死灰的缘故，我脸上的痘痘居然不再折腾我，我迅速成长起来，两篇作文上了市报，我对历史尤为感兴趣，几百上千年前的人类一路朝我们走来的过程充满腥风血雨。

“一个人是不是也这样，从出生到死亡的过程充满风雨？”我帮历史老师改试卷时这样问他。那个刚从师范毕业，比我们大不了几岁的年轻人从办公桌另一头注视了我好长时间。之后每周两节的历史课上，历史老师的目光常常会落到我身上。

我爸开始来学校看我了，给我送零花钱，以及每月底所需交的二十四斤大米和二十三块钱的伙食费。我们站在校门口的一棵大叶榕下，有些别扭。

“缺什么吗？”他问。

“不缺。”我说。

“下周回家吗？”他照例这样问。

“不回。”我照例这样回答。

“你妈，还没消息。”他的声音低下去很多。

“我回宿舍了。”我好长时间才回答他。

很多次我进校门都碰见历史老师，他的目光充满关切，常常使我深埋心底的委屈欲喷涌而出。我真希望这一切只是一场噩梦。

初二的第一个学期，整整一个学期我都没回家，偶尔我会想到陆嫂子。除了上课和必要的复习，大部分时间我都耗在历史老师借给我的秦汉两晋南北朝隋唐宋元明清中。放寒假回家时，我才知道陆嫂子被陆贩子赶走了，据说她勾引到大伯哥的头上，也就是陆贩子的大哥，被家嫂拿住了。没牙的老爹无脸见人，胳膊弯里绕一圈麻绳，动不动就要上吊。陆贩子再三考虑，叫她卷了衣物走人。光叔在渡船上对我说这些，假如我能早几个星期回来，还能见她一面的。他说他给她两百块钱，那天渡她出去，一船就她一个人，很多外地媳妇站在码头望着她，但没谁和她道别，她走得很高兴，不知道能不能找得回家的路。

我在光叔的船上待了很久，甚至在他的船舱里睡了一个午觉。冬天的江面极为湿冷，我被冻醒了，光叔的被子很潮，散发一股霉味。他的枕头下有一抹蓝色露出来，在杂乱的船舱里像一缕天光一样鲜亮，我拽出来一看，是一顶蓝色的毛线帽子，如此熟悉，还带着淡淡的稻灰香味。

我妈成为我们村第一个离家出走的外地女人，陆嫂子成为我们村第一个被赶出岛的女人。两个和我密切相关的女人相继离我而去了，我被孤独包裹得如此彻底。推着自行车往家里走时，迎面碰见的外地媳妇朝我露出令我厌恶的善意微笑。我没在家待几天，从我爸的衣袋里摸了五十块钱就离开家了。我没地方可去，在街上溜了一圈，又回到学校里。我们的学校其实是在县城郊区，被一大片稻田包围其中，一堵围墙把学校和稻田隔开。在主教学楼围墙外，还有一口很大的荷花塘，如今一池破败，满塘枯槁残荷。单身教师的宿舍就在荷塘往里不远，他们宿舍的后门直接从围墙上开出来，那些上了猪肝色油漆的小木门像一只只忧伤的眼睛。

我记得那天下午的天空灰蒙蒙的，稻田已经收割过了，放眼望去是一片灰白色的稻秆，偶尔一只羽翼黑色的鸟从稻秆中扑腾起来，搅动清冷的空气飞远了。我站在枯败的荷塘边，空虚而哀伤，心情糟糕得无法收拾，泪水肆意横流。

那年我十四岁，一个在悲伤中迅速成长起来的少女。我的历史老师，一个性情温和的男人把我迎进了他的单身宿舍，我在他的宿舍里待了整整一个星期。历史老师是贵州人，离家远，放假也不回去。我们小声说话小声地笑，其实周边宿舍的本地老师早就锁门回城里或乡下去了，很快就要过年了。我并不觉得我的行为有什么不对，我们彼此需要，至少我需要他，我多么需要他，他像一个牧羊人安抚受伤的羊羔一样安抚我。

一个星期后，我回家取换洗的衣服。在孤岛般的村庄对岸等待光叔的渡船时，村里很多人朝我模模糊糊地笑。自从我妈离家出走后，我已经习惯这样的笑了。直到我进家时看见一个陌生的腰身细长的女人扫地，我才知道他们的笑已经不再和我妈离家出走有关了。我们互相对望着，我有些惊愕，只是惊愕，没有伤心和愤怒。那个女人对我挤出一个有些不知所措的笑容，我看见一缕怯意夹在她的笑里。

“是小妖吧？”她放下扫帚，过来要帮我扶好自行车，嘿，本地人，不晓得我爸这次花多少钱为自己娶了个本地女人。我把自行车停在屋檐下，我爸这时候从屋里出来了，他变得精神不少，连皮鞋都穿上了，他的表情也和屋里的陌生女人一样，有些不知所措。我离开家的这个星期，他根本就没找过我，也许连着急都不曾有，他完全沉浸在他的新婚里。腰身细长的女人转身进厨房，我听见她刷洗锅头的声音，面无表情地进了我的房间。我爸跟进来，坐在我的床边，看我翻找衣服，一会儿他说：“她不敢对你不好的。”

“你知道我这几天在哪里干什么吗？”我说。

“你不是去同学那里吗？”他说。

“你知道是男同学还是女同学吗？”我又说。

他半天没吭声。

“我要钱。”我说，站在幽暗的箱子边。他低下头摸索裤袋，然后抬头看我。“你还要出去？”

他问我。

“我会回来要学费的。”我答非所问地对他说，我感觉再也无法从他那里得到更多的关爱了，也许花钱能让他感觉到我的存在。他给了我五十块钱，我的口袋里差不多有一百块钱，一笔寂寞的巨款。

那年春节我没回家，我把那些钱给了历史老师，我们在他的宿舍过了一个很温馨的年。历史老师还带我到另外一个小县城给我买了一身新衣服，他说过年孩子要穿新衣服的。我喜欢他把我当成孩子，尽管他每天都会叫我吞服一粒半颗米粒大小的白色药丸，那药会让我早上有些头晕。

大年初一晚上，我们骑单车到大街上，想看看节日的夜晚县城人是怎么过的。那天晚上很冷，不过还是有很多年轻人，一堆堆聚在一起，看到女孩子就朝她们扔鞭炮，惹得她们发出一阵阵尖叫。她们都穿得很光鲜，像高中生一样的女孩子，和她们相比，我只是一个幼稚可笑的小女孩。我紧张兮兮地拽住历史老师的袖子，惹得他直发笑。我们骑着自行车在大街小巷游荡，甚至窄小的小巷子也没放过，历史老师故意贴着墙壁骑单车，我的双脚几乎就要碰到墙壁上了，我发出一阵阵惊恐而兴奋的尖叫。那天晚上的公园门口热闹极了，张灯结彩，很明亮。那时候的公园还收门票，五毛钱一张，但那晚的公园是开放的，却没有几个人进去。很多年轻人聚集在公园门口，等女孩子经过时朝她们扔鞭炮，很多人站在一边瞧热闹。我和历史老师站在人群外围，我的手插在他的牛仔服口袋里，无论谁看都是一个哥哥带家妹瞧热闹的样子。站在人群边上，我有一种奇怪的感觉，似乎被谁盯着，我朝四周望望，没发现一个我熟悉的人。我并不怕被熟人瞧见我和历史老师待在一起，但那种感觉令我不舒服，我的目光在人群中努力搜寻着，终于在一群人的阴影里看见了她——陆嫂子！她穿得很厚，又戴蓝色毛线帽子了，简直不知道她有多少顶蓝色毛线帽子，一条麻花辫子垂在胸前。我们的目光在人缝之间曲折相遇了，我愣了一下，然后穿过人群飞快朝她走过去，我心里犹如有一股激流在流淌，巨大的委屈汹涌而来，那个娇小的女人使我有一种亲人般的温暖。

“你在这里？那个男人是谁？”她劈头就问，亲人一样。

我一把捏住她垂在胸前的大辫子，眼泪扑簌而落。

“你没回家吗？”我抽抽搭搭问她，像找到一个失散的亲人。

“没的。”她简单地说，目光依旧寻找那个和我站在一起的人。我的历史老师不敢过来，担心我碰到家里人。

“你住在哪里，我要跟你去的。”我说，担心会被她拒绝。

陆嫂子把我拽住她辫子的手拉下来，褪下我的手套，我立刻碰到她冰凉的手。

“你怎么不在家，你妈回来了吗？”她没答应我的要求。

“我妈不要我了。”我说，第一次在人前承认这个残酷的事实。

她低下头，抚弄我散乱的长发，然后又往我身后望了一眼。

“他是我的老师，我住在他那里，我不想回家。”我对她毫不隐瞒，她沉默了一会，告诉我明天中午我们在这里见面。

那天晚上我和历史老师说很多关于陆嫂子的事，还把我妈离家出走的事情也告诉他，之前我一直说是和家里赌气出来的，其实他早就从本村的同学那里听说我的家事了。

第二天中午我和陆嫂子在公园门口见面，我手里提着一个塑料袋子，里面是几件换洗衣服，我打定主意要和她住在一起。

陆嫂子的小屋在一条窄小的巷子里，两边是林立的居民楼房，四五层楼高，抬头只见一线天。她的屋子是一栋居民楼里其中一间带卫生间的单间。后来我才知道这是一条在县城几乎是公开的皮肉巷子，没有门路挣钱的农村妇女租下某栋居民楼的某一间单间，为来城里长年务工的单身男人和口袋里有几块退休金的不正经的老男人服务……

我坐在她床边，把我的衣服拿出来开心地甩到床上。陆嫂子瘦了很多，原本就小的脸更小，她戴着蓝色细毛线帽子时，那模样说她是个初一女生都没人怀疑，后来我知道她比我大八岁，那年我十四岁，她二十二岁。她在一个小电炉上给我热饭菜，我看见两副碗筷搁在一张小圆桌上，整栋楼静悄悄的。

“都回家了。”陆嫂子说，给我舀鸡汤。我从床上挪过去坐在她身边，把手伸进她的胳膊肘里。

“我来和你住吧，你做什么我就做什么。”我对她说着梦话。

她把一碗鸡汤递给我，我从她的眼里看出她对我们重逢的欢喜。

“行不行呀？”我吹着鸡汤追问她。

“你要上学的。”她绕到我身后，拿下我的毛线帽给我编辫子。

“放假呀，比如现在。我不想回家，我爸又娶了新老婆。”我说，陆嫂子的双手在我的头上顿了一会。

“那要把读书好，读好才能离开家。”她说。

“嗯。”我埋头喝汤。

那天中午过后，我们躺在她的小床上聊天，她一直问我和历史老师的事情，很担忧的样子。然后对我说，她们那边像我这样大的女孩子结婚的也有，她们是没书读，我有，应该先把书读好，不要急着嫁人。我哈哈大笑，几乎要翻到她的身上了，我说我没想嫁人呀。她一下子坐起来，吃惊地瞪着我。

“我只是住在他那里的。”我说。

“你傻呀你。”她戳着我的额头。

她没让我住在她那里，晚饭过后她又叫我回家了，我赌气收拾散乱的衣服，没跟她说一句话就走了，她紧紧跟在我身后，一直出了小巷子，她才拉住我。她哭了。

“不是不给你住，我那里，不干净。”她说，很伤心，我一下子心软了。我们在小巷口道别，她不再叫我回家，她知道我一定会回到历史老师那里去的。

很多年后，我对历史老师，这个性情温和的男人依然充满感恩。在他的鼓励下，初二第二个学期我开始非常努力学习，成绩不断提高，和同学们更加疏远了。历史老师和陆嫂子填满了我的生活，孤岛上的那个家几乎被我遗忘，初二放暑假时回家，那个女人细长的腰身已经粗壮了很多。

五

我一直叫这个和我同床共枕七年的男人为大哥，他比我大十五岁，只在他需要我尽妻子之责时，我才模模糊糊感觉到自己是他老婆。我需要他明确的生活目标，安稳地挣钱，有事情时他站在我的面前，我需要这些，我如此害怕一个人面对无常的生活。现在，那种被抛弃的感觉又如此强烈地占据了我，这种感觉在我妈离家出走后曾经几乎击垮了我……我软弱的泪水在公子哥面前肆意横流起来，他端一大盘西红柿炒鸡蛋坐在我面前，嘴巴里的吧唧声令人烦躁，板寸头上至少有四种颜色，牛仔裤破洞百出，他二十二岁了。

“擦，你流泪有什么用？”公子哥说，“要砍哪个你说！”街痞子的流氓豪气出来了，如此强悍，这个世界如此强悍。我摸摸我的包包，里面这把骨灰，在举目无亲的异地，如何在这个强悍的世界里活着？二十几年来我一直视如亲人的她，她的悲伤和软弱我又理解多少，包括我杳无音讯的母亲，如今她们全都在我的生活里消失得干干净净了。

我换了衣服从房间里出来，开始拖地板。我从来不用拖把拖地板，一桶清水，一块旧毛巾或蹲或跪着，擦拭每一个角落每一寸地板。这个一百二十平米的家，我如此熟悉它的每一块地板砖。我拧了毛巾，流着泪开始擦地板。公子哥蹲在我身边，跟着我往后挪。

“啧啧，”他吧唧着嘴巴，“你老公被人挖了吧？”

我忽地直起身，打掉他手里的西红柿炒鸡蛋盘子。

“我擦，信不信老子端你！”公子哥愣了一下，暴跳起来，我从地上爬起来，冲进厨房拎了把菜刀，公子哥号叫一声夺门而出了，很狼狈地挂一身破洞奔下楼。

我哭了起来，我其实并不想把他怎么样，我只是想把菜刀拿给他，想看他怎么对我下手，难道可以随便端人吗？

我把她从包里拿出来，放在茶几上。她从来没来过我家，我邀请数次，她不来。我继续收拾家，扫掉碎瓷片，捡起鸡蛋和西红柿，然后继续跪在地板上擦地。这个房子安放了我七年，我不能使它蒙着肮脏和污垢。

“你会怎么办？”我对她说。

“你为什么不回家？”我问她。

“我想回，你说哪里是我家？”我继续流泪。

我在文化单位上班，可有可无的一个小职员，不和谁好，也不和谁不好。很多同事知道我有陆嫂子这么一位奇怪亲戚，没有任何祖宗根源可追溯。在这弹丸般的小县城里，他们知道陆嫂子摆油条摊子，实际上是个半明半暗的妓，有好多个固定老相好，亦女儿亦女人地宠着她，每月给她点钱，令她难以置信地在这个混账地方活着，活了那么多年。

整个初三，除了在学校里，我几乎都在历史老师和陆嫂子那里过，初三的复习特别紧张，假期被补课占去大半时间，这倒让我高兴，可以不必回那座令我伤心的孤岛。

1995年，我顺利上了中师，我从没想到过此生会有这样的福报，这在我们村成为一件了不起的大事，我爸忽然有了一个四年后将会有国家工资领的女儿。开学时他摆了好几桌酒宴，我却渡船出岛，找那两个和我没有半点血缘关系，却是我生命中不可或缺的亲人。我们在一家贵州人开的小饭馆里吃了一顿颇为丰盛的饭，陆嫂子请的。她在我上中师三年后买了一小套旧房，一房一厅，三十来平米。她毫无忌讳地告诉我，几位老哥给她凑了点钱，加上她的积蓄买下了。小房子布置很简单，锅碗瓢盆饭桌椅和一张木板床，其他没有了。我摸摸她刚刷了白石灰粉的墙壁，很心酸。

中师毕业后，我和陆嫂子的关系又疏远了。我在离县城差不多一个小时车程的乡镇中心小学当一名音画老师。出来参加工作后，我对母亲的想念几乎和她当初突然离家出走时带给我的打击一样，足以击垮我，我不知道这种无端的想念因何而来，也许来自骨肉的本能。关于她的点点滴滴，她喜欢吃的野菜，她努力要融入这个自以为可以安身立命一辈子的异乡，她费尽心思讨好每一个人，发现她几乎没责骂过我，在很长一段时间，我居然对这个本该感恩的女人怀着莫名的怨气，深重的自责和悔恨折磨得我寝食难安。我无数次回家询问关于母亲的一切相关事情，我爸居然也不知道她老家的具体地址。

“她是陕西人。”他背着他六岁的儿子，淡淡地说，我感觉他对我隐瞒关于母亲的一些事情，我们为此大吵一架。有两年时间，我没回过那座孤岛上的家。对母亲的思念使我痛不欲生，我一次次回到历史老师那里寻找慰藉。那段时间我的性情变得连历史老师都难以接受，但他默默包容我。有一次他试探着和我说起我们的婚事，我勃然大怒，告诉他死了和我结婚的念头。一年后他有了女朋友，我很平静地接受了。

我多方打听寻找母亲有四年之久，因为事情过得太久，没有半点音讯。我在乡下中心小学当了五年音画老师后，文化馆把我调上来画舞台布景。陆嫂子已经不再炸油条，她在菜市场租一个摊子贩卖莲藕，还和一些老不正经的老头来往。好几次我在菜市场买菜，远远地看见她坐在菜摊子里，张望来来往往买菜的人。有一次我隔着老远被她发现了，她连忙抓起几节莲藕穿过人群朝我疾步走来。

“小妖，小妖，你等等，等等呀！”她的呼唤声从人缝中追上我，紧贴着我的后背，我赶紧钻进人群里，陆嫂子大概不放心摊子，没再追上来，在人群里偶然回头，看见娇小的她拿着几节莲藕，极为失望地站在人群里朝我消失的地方张望。其实文化馆离她住的地方不远，步行过去十几分钟就到了。我想到当年关于她和我爸的流言蜚语，对她产生了隐隐恨意。

这样恶劣的心情一直到我二十八岁遇见我的丈夫，历史老师那时候已经结婚了，我好几年没回家，和陆嫂子也彻底断了联系。我感觉自己就是一座孤岛。我在超市买东西时因为疏忽忘带钱包，排在我身后的男人替我解了燃眉之急。后来他说，他在身后看见我的及腰长发，突然心生爱怜。也许我们初见就在彼此心中为对方定位了，他的情感成分里多半当我是女儿或家妹，而我亦是需要他这样的兄长，历史老师于我，又何尝不像是兄长。我不确定自己是否弄懂了爱情。交往半年后，我从文化馆给我安排的一个杂物房里搬出来，住到他那里。我们领了证，但没举办婚礼。公子哥后来跟我说，我看起来很像白痴，也许就是我的白痴相让我在他那里艰难过关了。

六

一年前，我和陆嫂子又有联系了，光叔来文化馆找我几次，说陆嫂子想见我，她的身体不太好。他一直没结婚，不知道他和陆嫂子怎么又联系上了。光叔站在文化馆门外，他老了许多，依然为村人撑渡，一直没结婚。

文化馆外有一株很高大的扁桃树，开满米粒大小的淡粉色小花，刚下一场雨，地上满是落花，很多毛毛虫爬在那些落花上。有一只毛毛虫被我踩死了，涂了一小摊黏糊糊的绿色尸水。

“我在找我妈。”我对他说。

他点点头。“你妈那天走得很平常，像去赶集，我没想到她会不回来的。”他说，“陆嫂子很想念你，她身体不太好，她不敢来找你。”我看了他一眼，突然很烦躁，不明白我为什么要和这些人搅在一起，我们身上相似的孤独和悲伤叠加在一起后被放大了，我不想再和这些人搅和了。

我淡淡地说：“我有事情要做的。”光叔默不作声，然后走了。

而一年前，我已经开始为我的婚姻忧心了，我丈夫频频向我说一些无聊的谎言，常常几天不回家。我每天下班回来煮好饭，给他发条信息，回家吃饭吗？他有时回信息，有时候不回，只有我和公子哥吃饭。公子哥似乎也觉察到我和他父亲之间出了问题，但我们什么都没交流，对于这对父子，我有些心灰意懒了。陆嫂子又一次成为在我遭遇生活打击时给予我慰藉的亲人。再一次走进她家里，我们相互望着彼此，什么都没说，然后她就进厨房给我煮汤圆了。她在厨房流泪，我看见她擦眼泪时抬起的手臂，而我倚在厨房门口哭泣。

我流着泪水吃汤圆，她变得更瘦了，脸色隐隐透出一股黑黄，我看见饭桌上散落几板甘草酸苷片，她说没什么，只是累了，肝气不顺。她静静看着我吃汤圆。

“怎么还不生个娃，也许我还来得及给你带几天。”她说，她的话触及我的隐痛，使我无暇多想“来得及”是什么意思，我的泪水越发汹涌了。她坐在我身边，拍拍我的后背，有一点责怪我。

“结婚也不告诉我。”她站起来，进房间去了，一会儿拿出来一个红色缎面盒子。“这几年想着给你，你总也不太来，以为你过得好忘记嫂子了。”她把盒子放在我面前，我打开看见一条金手链，很精致。

“别嫌弃，嫂子给你的嫁妆。”她笑。这条精致的金手链成为我唯一的嫁妆，不是我的父母给的，也不是我曾经身心交付的历史老师给的，而是一个在我生命中不知道扮演什么角色，但无疑对我来说极为重要的女人给的。我坐在那张斑驳的饭桌前，把婚姻里的种种委屈和隐忍向她倾诉，她静静听着，偶尔充满温情地和我对望一眼。倾诉成为我以后往她那里跑的主要原因，我无暇顾及她越来越暗淡的脸色和饭桌上越来越多的药片。有时候去她那里，会碰见光叔，也会碰见不同面孔的老人。我敲门进去，陆嫂子就把他们送走了。有一次我见她气色实在不好，也吃不下饭，想起她爱吃的野菜，特意跑回去到后坡挖了一大把鲜嫩的野菜带给她，谁知她一把扔掉了，她有些羞涩地告诉我，这东西吃了怀不上娃的，如今她不需要吃了。我惊讶地看她好久，她说在她们那边，女娃娃来了初潮后，母亲们都会告诉她们这种野菜的作用。

我最后一次见她是在年前，快要过年时，我给她送去一些单位发的福利，糖果饼干、一箱水果和几包粉丝，还有一副喜气洋洋的对联。她安静地坐在饭桌边看着我把东西搬进来。

“过年你能来陪嫂子吃顿饭，比什么都强。”她笑着说。我感到很心酸，不知道这么多年她一个人是怎么过的。但我没法答应她，忍着愧疚跟她开玩笑：“你还缺人陪吃饭呀。”她也笑起来。我替她关上家门时，站在门外心如刀割。

我要买年货送回孤岛上的家，要打扫名存实亡的城里的这个家，公子哥的年夜饭也要做好给他，我一次次忽略了最不该忽略的她，负了最不该负的人。公子哥最近变得很沉默，身后的喽啰们不见了，整天闷在家里，我在家时偶尔会可怜巴巴地瞧我一眼，像只受伤的小兽，还突然迷恋上收集各种各样的骷髅玩意儿，整天奔下楼收快递。他网购了大量的骷髅，木雕的、铁的、铜的，有钢笔帽大小的，也有锅盖大的，挂满他房间的墙壁，他置身那堆不可思议的骷髅当中，一天到晚不说话，只玩电脑。

我知道他从我包里拿过钱，每次两三百，五十块也要过。我知道他并不缺钱，他老子对他一向是有求必应的。他好像只是想引起我的注意，指望我能说点什么。我们很久没说话了。

年夜饭只有我和公子哥一起吃，公子哥闷头吃了很多，还开了冰冻啤酒。

“喝一点？”他朝我晃晃酒瓶，我摇摇头。

“你们怎么了？”他问我，我瞧着他，也许该告诉他，他已经不小了，这事也跟他有关的。

“你怎么不问问你爸？”我说。

“我问你呢。”他说。我顿时打消了想和他交流的想法，他说话的口气带有不可置疑的优越感。我望了他一眼，埋头吃饭了。我打算吃完饭去看看陆嫂子，不能陪她吃年夜饭，陪她看看电视也能给她点安慰吧。然而我还没吃完，光叔就给我打电话了，说家里出了事，叫我赶紧回家一趟，他已经在河边等我了。

我爸那天脑溢血，医院送得及时，捡回一条命，从此半边瘫了。我同父异母的弟弟年三十晚溺水身亡，我爸受不了这刺激，在江边突然晕倒。他在医院住院的时间倒不长，很快就出院了。他歪唇斜眼，口水横流，然而并非完全无意识，我坐在他身边，他就打盹，我要站起来，他就醒了，费劲地睁开眼睛，朝我颤颤巍巍伸手，拽住我的胳膊，我推开他的手，站起来，他便像坐在麦芒上，使劲扭曲他的身体，喊一些谁都听不懂的话，朝我瞪眼睛，我只好重新坐下。我不知道他怎么一下子就黏上我了，继母要给他换掉尿湿的裤子，被他推开了，傻人使蛮力，继母有时候趔趄得要摔倒。不过我也有办法治他，我找根棍子来，在他面前甩了甩，他马上缩着脖子安静了，惊恐地看着我，搭在轮椅扶手上的两只手微微颤抖。他这副样子几乎让我心碎，我们之间冰冻已久的亲情就这样一点点升温了。我爸最多能忍受两天见不到我，两天后他就开始打那些试图靠近他的人，我频繁在单位和那座孤岛之间疲于奔命，城里的家和陆嫂子那里无暇顾及了。

直到今天，她待在我的包包里，很安静，再也不打算离开我的模样，极像我的孩子。

我打算带她回去一次，这是她的遗愿。她老家的地址我从历史老师那里打听到了。他们是老乡，一些话不便和我交流，但他们之间有交流。历史老师给我提供了大概的地址，在我出发之前又找那边的熟人在贵阳等我，我需要带路的人。

“你知道她为什么不回家吗？”我拍拍我的包包问历史老师，这个性情温和的男人不见老，变得更温和了，结婚后学会了抽烟，如今是教委办的主任，他的妻子是一位县领导的女儿，右脚有些轻微地跛，性子也很温和。临出发贵州之前，他送我到车站，抽了几支烟后，开玩笑地说，小妖，你一直是个坚强的孩子，一些人事，你不一定非得理解，但必须面对。我点了点头。我们在车站聊了好一会，我几乎就要放弃这趟行程了，他劝了我，该完成她的遗愿，我只好上车。其实已经没必要再去了，真的没有必要，于她，那里也早已不是能给予她庇护的家了。一路很顺利。从贵阳四个小时到县里，县里三个小时到乡里，坐乡里的手扶拖拉机四十分钟就到一个叫香杉的屯子。顺利，但并不是说路好走，往屯子的路是人工劈出来的山路，极小的一条碎石带子，司机一路鸣喇叭，好让迎面而来的车提早知道会车，能及时找块稍微宽敞的地儿避让。一路上我在心里不断和她说话，告诉她到什么地方了，如今是什么样子，问她当年是什么样子。一路来折腾了三天，得等车。不知道当年她从这里出发到我们那座孤岛，走了多少天。那时候应该没有这条山路，没有拖拉机，乡里也不知道有没有班车到县里，她走过的是怎样一条路，路上是如何挣扎，我一无所知。

陪我的人我让他在乡里等我，他送我上拖拉机时，犹豫着提醒我，要不要买一点东西去，我摇摇头。他好心地笑了笑。

她的父亲叫李逵，母亲叫韦万芳，一对双胞胎兄弟，脸上是一样的表情，满面笑容，开朗，连额头上的皱纹也是一样的，呈一个横着的川字。看起来他们的日子相当不错，都成家了，每人两间瓦房，一对儿女，媳妇们都相当精明，两个老人单独过，也是一间瓦房，都六十出头了。我在不大的村子里转了一圈，看到两栋夹杂在村子中间破败不堪的茅草房，其中一栋几乎坍塌的屋顶破了一个大洞，另外一栋则倒了一面墙壁，站在屋前看见里面长了杂草。她的两个兄弟跟着，说这都是几十年前的房子了，当年我姐还在时村里全是这样的房子。如今这屋人全到外边谋生去了，家也搬走了，只剩祖坟留在村里。我点点头，问他们，当时你们家穷成什么样子。我知道这样问有些刻薄，但还是忍不住问了。穷么，兄弟中的一个说，不然也舍不得我姐去那么远的地方。我默不作声，我以为他们不知道，他们知道，只有她不知道，当时。在村里转了一圈后回到两个老人的瓦房里，一大家人围着我。

我跟他们说我是广西来的，她是我的家嫂。

“你说是广西来，我就知道了，这女子竟然摊上好人家。”老妇人很健谈，很瘦，脸上棱角分明，嘴唇很薄，刻薄面相。我不知道我对她的评价是否过于主观，老妇人上下打量我，大概有我这样的小姑，嫂子过得应该不错的。

“当年她挂了电话到乡里，转好几趟才找到我，那时候么，连路都是没有的，不方便。她哭哭啼啼说要回来，我一口回绝了，回来我们拿什么还给人家，兄弟俩要吃饭要上学的。感情这东西，处久不就出来了嘛。”老妇人相当得意，老头蹲在她旁边，一直盯着地面，黧黑的脸像雕塑一样静，你看不出是悲伤还是高兴。老妇人当年大概认为她是要偷偷逃跑回来的，一口回绝异乡求助的女儿，她于是明白了她的宿命。

“如今她好吧？日子好过也不回来瞧瞧她这些兄弟，忘掉爹妈了。”老妇人说，口气有些埋怨，不过神情是欢喜的。

“好的。”我点点头。坐在我对面的是她那对牵挂的兄弟，他们一直笑着看我，很和善的一对兄弟。我无法想象如若我把包里的她拿出来，这一家人会怎么样。

我没坐很久，留下点儿钱就告辞了。两个兄弟一人一边拽住我的胳膊，说家里的女人把鸡杀下了，无论如何也要吃好再走，我还是坚持走了，我吃不下这样的饭菜。

老头跟着我，暴喝一声，把欲送我的老妇人喝住了，也把我吓了一跳，他一直不怎么说话的。他坚持要送我，其实村子很小，出村口上一个土坡，就可到路边等拖拉机回乡里了。和我站在路口等拖拉机时，老头突然蹲到地上抱头痛哭起来，我从没见过老人这么哭过，我看见他慢慢涨红起来的额头和脖子，不知该怎么安慰他。最后我把包包递给他，叫他帮我拿着，我到路边一块种油茶的山坡地里去了，在里面抽了三根烟才出来。

我得带她回去，她只想回来看一眼，仅此而已，我不知道这两个回哪一个对她更有意义。这个地方，自己亲娘亲手把她卖掉的地方，她仅仅只想看一眼，她不愿意再回到这里。

我从老头手里接过我的包包，拦下一辆拖拉机，上去了。老头踉踉跄跄跟着追几步，朝我挥挥手，我也朝他挥挥手。

我们不再回来了，我们永远在一起。我对她说。

七

回到家时，我发现衣橱里少了好多我丈夫的衣服，我突然感到一种尘埃落定般的轻松，从此就我和她，也挺好。我平静地走进厨房，想给自己下碗面条。我敲敲公子哥敞着的房门，那里头又增添了不少骷髅，好笑的是他居然弄来颜料，给那些骷髅一律涂抹上阴森森的暗绿色，不知道他在想什么。他转过皮椅，面对着我。

“吃面吗？”我笑着问。好吧，我们即将不再是一家人了，应该客客气气的。

“吃吧。”他点点头。

我进了厨房。我们的厨房装的是欧派橱柜，姜黄色的，不过我并不喜欢蒋雯丽关于“有家有爱有欧派”的广告，没那么简单的。

我烧开水，把面放进去，水再次开时把面条捞出来放进清水里。再重新烧水，水开时把打散放了调料的蛋花放进去，面条放进去，切了葱花末，起锅前放进去，一锅香喷喷的鸡蛋葱花面条就好了。我自己盛了一碗，端到客厅，公子哥从卫生间出来，我听见马桶抽水的声音。

真好，能吃能拉，这孩子不用愁的，青春期叛逆，很正常。

我看见他从卫生间出来，顿时僵住了。他手里拿着那个油亮的琥珀色盒子，她待的盒子，公子哥端在手里，盖子打开，朝下在手上磕了磕。

“你包里这盒子好看，赏我吧，装我的骷髅们。擦，里面是什么鬼粉，你擦脸的散粉吗？一盒骨头碴子！”他朝我晃晃盒子。

我端着面碗，感觉有种急速向下坠的眩晕。

“东西呢？”我无比虚弱地问，抱着一丝希望。

“倒了，马桶抽水冲了。”他说。我手里的碗应声落地。我失魂落魄地进了房间，坐在床边，我发现膝盖上的两只手神经质一样抖起来，我握紧了双手，整个人却抖起来，我使劲用双臂把自己箍紧，身体却疼起来，说不出具体哪里疼，手，脚，眼睛，或者别的什么地方，那疼令人五内俱焚。我有种想呕吐的感觉，冲进卫生间，马上又冲出来，跑进厨房，埋在洗碗槽里红头胀脸干呕。我觉得无法再在这个家待下去了，一分钟都不愿待。我找来皮箱，心急火燎收拾衣物。我发现我的东西其实很少，一口皮箱装满，一个大纸袋装进去几双鞋，这个家几乎就没有我的痕迹了，阳台那些花们暂时无法带走，不过我不会丢下它们的。那只空骨灰盒我也带走了。

我搬了两次才把皮箱和纸袋搬到楼底下。

是的，我回到了陆嫂子留下的那套小房间里。她的衣物，她用过的饭碗筷子，喝水的杯子，饭桌上散落的药片，都在。我在阳台上发现几团她的头发，她把落发卷成拇指大小的小团子，塞在一个割开了口子的矿泉水瓶里，有好几卷。握着那只矿泉水瓶子，我身上的痛才一点点散去。

我开始收拾房间，把她的衣物收起来，整理好放进我的皮箱里，然后把我的衣服挂进她的衣柜里。这里将暂时是我的家了。

我给我的丈夫发了条信息，告诉他我已经搬走了，若他愿意，随时可以解决他迫不及待想解决的事情。信息发出去后，我感到一阵钝疼从心底蔓延开来，我们无能为力的事情宛如数不尽的忧伤。

夜晚已经来到阳台上了，我打开屋里所有的灯火，感觉有些昏暗，我打算明天换瓦数更大的节能灯，使屋里明亮些，尽可能照亮那些阴凉的角落。

我进了厨房，开始准备我们的晚饭，和李姐姐的饭，我觉得她依然存在这间房子里，她叫李寻暖，享年四十四岁。

白

一

她说她已经五十六岁，退休一年。她身上有种和她的年龄极不相称的特别气息，拉丽一时无法形容那是什么。直到杨老太（拉丽在心里这么称呼她）说她没结过婚，孑然一身，拉丽才知道那气息该是清爽劲，一个单身而理性的姑娘身上特有的清爽劲儿。很显然她已经不能称为姑娘了，但并不妨碍她依然保有姑娘的特性。她身材纤细，四肢匀称，脑袋小巧，五官也是小巧的，笑起来眼角有些细碎的皱纹交错。她看什么都是安详的。拉丽有种感觉，假如杨老太朝那些满腔怒火的人瞧上一眼，估计火就噗地熄掉了。拉丽不知道是她特殊的工作造就了她的这种特性，还是与生俱来。简而言之，她对杨老太是相当放心的，也颇有好感。

杨老太端坐在一张竹制的背靠椅里，背后垫一个淡紫色抱枕，身板挺得很直。她发现这个老妇人偏好淡紫色，软底淡紫色居家布鞋，淡紫色棉麻沙发套，淡紫色窗帘，当然，这些物品上的花纹不尽相同。她的房子很小，是套五十来平米的老房子，两间鸽子笼般的房间，拢着房门，一个没有茶几的整洁小客厅。拉丽面对客厅的阳台而坐，一眼看见阳台挤满花草。可真不少，并不杂乱，几个隔层铁架子一二三层架住那些花盆。初春午后软嫩的阳光照拂在深绿色的花草上，没有什么花开。拉丽不认得什么花草，她的生活缺乏种花养草这种需要情调和闲心的事情。

总之是一个相当不错的小家。

“情况就是这样，也许我说得不够详细！”拉丽有些沮丧地说，她庆幸没穿那件鲜红色的外套来，那外套着实和这个家里的摆设、氛围都不搭调。她穿一件蓝色外套，袖子上套两只起装饰作用的短短的淡蓝色防护袖套，防止袖口弄脏。

杨老太点点头，若隐若现的笑容挂在脸上。“以后慢慢了解，你有什么要问我吗？”

拉丽摇摇头。“我知道您是特校老师，退休了，而且，您不收钱！”她不想隐瞒经济上的窘迫，实际上她挣得不算少，但真的存不下什么钱。

杨老太瞧了上善一眼，她一直纹丝不动坐在沙发上，离她们稍远，弯着细小的脖子，像一个认真的聆听者。拉丽知道她其实什么都听不进，也有可能听进去了，这一点她从来都不能确定。她不会对你的话做任何反应，薄嫩的嘴唇仿佛不屑般紧紧抿着。她有自己的世界，一个拉丽完全陌生的世界。她时刻沉浸在自己的世界里，没人能走得进去。多半时候，拉丽甚至都不知道她在想什么，这一点常常让拉丽在黎明醒来时惆怅万分。

“你要不要看我的身份证和工作证？”杨老太把目光从上善身上挪开，和善地瞧拉丽。

“不用了，”拉丽慌忙说，“我信任你！”

“这就好！不过你还是看一看吧，这样对大家都好，”杨老太说，“特校，你知道吧？就在三马岭，你应该知道的，那地方风景很美。我在那里工作了一辈子，退休金也在那里领。”

拉丽点点头，她知道大致的方向，她没去过。她瞟了一眼小矮凳上的身份证和工作证，没动那些证件。

“明天你带上善过来吧，我今天要把房间整理好。你不必担心，随时欢迎你过来看孩子！”杨老太说。

“好的！只是，真的不需要付钱吗？”拉丽小心翼翼地问，她还是有点儿不相信。在拉丽有限的生活经验里，没有什么是容易得到的，这些不容易多半都和钱有关。

“假如这让你不安，你看着给吧。不过，我本意并不愿收你的钱。”杨老太思忖着说。拉丽有一刻觉得自己的脑袋一片空白，想不明白人和人的活法为何天差地别。她真希望自己能和杨老太调个个，一个人，口袋里除了吃喝的钱，略微有点儿剩余，在拉丽看来这就算是体面的生活了。她觉得累，这样说好像也不太准确，那是一种和累有关的沉甸甸的情绪，时刻笼罩在她的身心上。

“那可真是太感谢你了！不过，你若是觉得太辛苦，我可以适当支付费用，但不会很多，比如上善在这吃饭的钱。您知道，我们，生活不太宽裕，我只是一个家政服务工！”拉丽说。

“你放心吧，我并不缺这点钱！”杨老太依然微笑，但她说话的语速变得快了。她们交谈将近两个小时，她一直挺直腰板坐，也许有点儿累了。

拉丽开始帮上善戴上手套，把她的头发盘起来塞进帽子里，往脖子上缠绕暗红色的羊毛围巾——在上善的穿戴上，她一直是不吝啬的。杨老太一声不吭瞧她像包个见不得人的东西一样把上善包起来。

母女俩和杨老太告别，拉丽没叫上善和杨老太说再见，她知道她宁愿挨巴掌也不会出声。杨老太抓了几颗淡绿色的薄荷糖想放进上善的口袋里，她忽然惊恐地向后退，但她并不像别的孩子本能地靠向自己的妈妈，她退到一边，和拉丽保持先前同样的距离。那几颗薄荷糖落到了地上。拉丽很尴尬，迅速捡起糖，朝杨老太抱歉地笑笑。

屋外阳光很好，路上并没什么行人，这个地方相对偏一些。在很久以前，这儿可算是城中心，后来城市渐渐往前扩建，这儿逐渐边缘化了。城市的外围是一片稻田，秋收后农民们喜欢种油菜。周末天气好时，很多年轻妈妈带着年幼的孩子，穿梭在黄灿灿的油菜花中拍亲子照。她瞧了一眼像条小尾巴般紧紧跟随自己的上善，阳光照在她白得透明的小脸蛋上，每次眨眼睛都非常用力，仿佛耳边突然遭遇一声巨响袭击。拉丽知道这种阳光会使她受不了，她会流泪，也会被晒出皮炎。她叹了口气，在包里摸索出一把防晒伞，嘭地打开。那是把儿童雨伞，比一般的雨伞小将近一半。她塞到上善手里，又摸出一副孩子墨镜，架到她的鼻梁上。

“我知道你其实都明白我说的话，但我不知道你为什么一声不吭，你不聋也不哑。你长着耳朵和舌头干什么呢？你长这么大，能有吃的穿的，有房子住，你知道这些是哪里来的吗？你知道的，这些都是我给你的。我像个保姆伺候你，可是倒在地上的拖把你连扶都不帮我扶。我做好了饭，你会拿起筷子吃，吃完了你垂头坐着，你像个菩萨一样！不，你这德行哪能和菩萨比？菩萨普度众生，你是给我带来磨难，不，你本身就是磨难，大磨难！难道我说错了吗？你尽管装聋作哑好了。我觉得你是知道好歹的，不然你为什么跟着我？你知道只有跟着我才能活命！说真的，你到底是个什么怪物？长这么大，没叫过我妈！你觉得我是个有义务养你的陌生人？嗯？我想分一半你的苹果，你死死攥着，你像个仇人瞪着我，好像我会咬你一口！”

拉丽一边走一边独白。上善撑着防晒伞，戴着墨镜，样子古怪，紧紧跟随。她总能和拉丽保持差半步的距离，不会跟不上拉丽。只要拉丽步伐稍微大些，她那双小脚就颠得更快，总也不会和她的妈妈平行走。

“你会笑，你会对小猫小狗笑，但你从不对我笑，你其实就是个自私的小孩！”拉丽最后像下了决断般说道。她突然悲从中来，步子像挂了铅，一屁股坐在路边的花圃上，嘴角抽动起来。她哭得无声无息，泪水快速滑落，她把哭声全闷在心里了。她常常这么哭。上善撑着雨伞站在她脚边，小小的脸被墨镜遮去一半，看不出什么表情。

拉丽哭了一阵子，深深叹口气，双手夹在两个膝盖中间，脸上还淌着泪水，肿胀的双眼木然盯住地上一群蚂蚁。

“好了，刚才我和杨老师说的事情，你都听到了。你也别怨恨，我知道你一定怨恨我！没人愿意把你生成这模样，其实更苦的是我。杨老师是个特别好的人，有本事让你过得更好！我并没扔掉你，你只是去和杨老师住一段时间。”拉丽轻声说。她看见上善穿着驼色布鞋的右脚轻微挪动了一下，把一只蚂蚁踩到脚底下，使劲碾压。拉丽一阵惊愕，她突然想起一位信奉基督教的主顾跟她说的话：“这世界人人戴罪而生，人若戴罪而活又不自知，死了之后就会下地狱。上帝是来拯救人类的，他会帮你认清自身罪恶，救赎你堕落的灵魂，死后才能回到上帝身边，成为上帝的孩子。”她谆谆善诱，希望能把拉丽拉进基督教队伍里。

假如真有上帝存在，拉丽想，上善一定是被上帝遗忘的孩子。她站起来，她们重新往家的方向走去。这个地方离家稍微有点远，步行至少得四十分钟。

就在她们快要越过一个公交车站时，拉丽忽然怒火涌起。不，她肯定不是存心的，在前一分钟她也没想这么做，但这个念头像魔鬼一样倏然蹦出来。她在公交车站猛地停住脚步，上善想不到妈妈会突然停下来，她迈出的脚想停下，两脚互相打架，给她一个结结实实的跟头，鼻梁上的墨镜和手里的遮阳伞被摔出去了。她没哭，膝盖被厚厚的裤子裹着，手套保护她的手掌心，头没碰到地上。她只是摔了，并没摔疼。拉丽不动声色瞧着她，上善一声不吭爬起来，膝盖和身体的右侧沾满白色的灰尘，她也不拍掉，任由雨伞和墨镜躺在地上。拉丽强忍胸口涌动的怒火。公交车来了，她快速跳上去。你最好别跟上来，永远也别跟着我！拉丽想。上善被妈妈的行动惊吓了，她张着嘴巴，然后也上了公交车。雨伞和墨镜依然躺在地上。车上座位全坐满了，拉丽投了钱币后迅速向后门走去。车开动时，上善只来得及上到车上站稳，车子摇摇晃晃开动后，她就近抱住车杆。现在，母女俩拉开一段不短的距离。拉丽身边一位长头发女人侧出身子往上善瞧过去，而拉丽前面的人则回头瞧她，想弄明白上车的一大一小是怎么回事。拉丽扭头往窗外望，上善紧紧抓住车杆，瞪着拉丽的目光执拗而冷淡。

“哎，这么大怎么还尿裤子了？！”上善旁边座位上的一个女人叫起来。

拉丽不用看也知道，她知道会这样，但她还是回头迅速望一眼。她看见孩子黄褐色的裤子两腿内侧变得深起来，深色阴影不断向下蔓延，越来越大。上善依然一动不动地站着，好像并不知道自己尿裤子。

“这孩子，是怎么了？”那女人扭头望向拉丽，拉丽直直瞪着她。“我也很想知道她是怎么了。”她说。女人只好扭回头，拉丽又往窗外看。还有差不多三十分钟才到家，她目前也毫无办法，她又累又沮丧。上善只要觉察到众人注视的目光，便会尿裤子。

而她天生就惹人注视，她是个患有白化病的孩子，“酪氨酸酶缺乏，或功能减退引起的一种皮肤及附属器官黑色素缺乏或合成障碍所导致的遗传性白斑病”，这是上善出生时，医生面对这个通身（没错，通身！包括脑门上稀稀拉拉的毛发以及短小的眼睫毛）呈现乳白色的婴儿下的结论。拉丽觉得是医生在给她的一生下结论，残酷的结论。另外，她三岁后，就不爱开口说话了，她的唇舌只发挥最基本的作用——吃饭喝水。最常见的表情是面无表情，像雕塑般一副僵硬的面孔。她在十五个月时会叫妈妈，三岁后拉丽没听到她叫过她妈妈。

路边有一对情侣在吵架，女孩一边吵一边往嘴里塞剥了半截的香蕉，气急了，她把半截香蕉连皮摔到男人头上。

拉丽扭回头，深深注视那张惨白的小脸，想从上面找到一些给她这么个孩子的那个人的蛛丝马迹。然而那白过于强大，掩盖了所有痕迹。那六岁的小身躯里，大概是充满怨恨吧，不然何以形成一张毫无表情的脸和冷漠的眼神？

二

“你介意她的……肤色吗？也许我这样问不太合适。”杨老太说。她好像一夜没睡好，脸上有淡淡的倦态。

“医生说这不会影响她的寿命，她会像正常人一样生活，当然，生孩子可能遗传。”拉丽说，朝房间里看一眼，上善似乎很喜欢杨老太收拾出来的那间屋子，屋子的墙纸和被服全是淡蓝色的，床上有一只巨大的粉嫩狗熊。杨老太说是从特校拿回来的。每年特校都会清掉一些玩具，旧了一点，但已经洗干净消毒了。上善坐在床上，手耷拉在狗熊身上，长久盯住狗熊那对软塌塌的黄色耳朵。

“我是说，”杨老太说，“你对她的皮肤，有什么看法？”

“她和别的孩子不一样，谁会认为她和别的孩子一样呢！”在杨老太执拗的目光下，拉丽无可奈何地说。除了医生，她很抵触和别人讨论上善的肤色。没人能理解她的心境，看着粉白的孩子，两片嘴皮一翻，永远是那句：这孩子怎么白成这样，得了什么病？上善三岁后，拉丽就很少带她出门了。那些貌似同情的语气，多半只是好奇和鄙视——你缺了多大的德，生出这么个怪物。

“而且她还像个哑巴，不说话，冷漠，这在社会上没法生存，我不可能养她一辈子！她必须学会独立，会挣钱，可她连别人的目光都受不了。她像个机器人，不，她连机器人都不如的……有些禁忌，比如不能晒阳光，会患上皮炎，眼睛视力也会受损。请放心，这病不会传染！”拉丽语无伦次，极力抑制内心激动的情绪，她担心自己会突然流泪，她为这孩子已经流太多的泪了。

“我知道，”杨老太说，“我们特校以前也有过这么一个孩子——我是指白化病孩子，不过他挺开朗的，常常帮助别的孩子叠被子。在特校，所有孩子都不正常，也都正常，我是指，我们以平常心态看待他们。后来那孩子去美国了，据说他的姑妈在那边，美国白人多。”

拉丽朝房间里望了一眼，上善没那么幸运，她只有一个做家政服务的妈妈，很可能她自己也不喜欢这样的妈妈。

“你有没有想过，上善这性格，也许跟你教育她的方式有关？”杨老太说。

“不知道，我没那么多时间陪她！”拉丽说。

“我们也许可以试试把她当正常的孩子。”杨老太说。

分别没有任何伤感，像托付一个可靠的熟人帮带两天孩子。拉丽在女儿身边沉默地站了一会，然后走了。上善也一样，她一直坐在房间里。这不是她们第一次分别，上善两岁半时，拉丽曾送她去托儿所，两个星期后，老师建议她把孩子领回家了。据说其他家长反对自己的孩子身边有这么一个“怪物”。领回家后，拉丽清空一个小房间，真正的空，只有地板和墙壁。每天出工时，她把上善锁在这个徒剩四壁的小房间里，给她两个毛茸茸的不可能伤害到她的布娃娃，她甚至把布娃娃那两颗硬眼珠子都抠出来了。吃的喝的她不会给。她和朗山夫妇合作搞完一套一百二十平米的房子的保洁，要两个多小时，特别脏的房子也不会超过三个小时。她觉得三个小时不会饥渴坏了上善的。回家时，多半是上善倒在地板上睡觉，毛茸茸的小白脑袋搁在毛茸茸的布娃娃上；或者在哭，哭的时候通常是尿湿了裤子，她会难受得细声细气地打哭嗝，两只小拳头捏得紧紧的。后来渐渐习惯了，很少哭了。四岁后，拉丽就不再锁她了，上善对任何东西似乎都毫无兴趣，屋里任何东西都不让她动心，她喜欢坐在阳台上透过栏杆往下望。能有什么可看的，她们的阳台面对一片长满难看灌木的小山坡，春天也没几朵花开，尽是些带刺的矮植被，偶尔会有只什么鸟儿从灌木丛里扑啦啦飞向天空。四岁后她懂得自己上卫生间，再也没在屋里尿过裤子。她哭的时候很少，说话的时候更少。医生说她可能患有相当程度的自闭症，以及自闭症导致的情感冷漠，医生建议她多带孩子出门和人接触。拉丽带出去了，却发现上善在人多的地方会尿裤子。

没有人喜欢不幸，而不幸，似乎已经成为拉丽生活里的常态了。整天面对一个冷冰冰的奶白色孩子，没人知道那是种什么滋味。

拉丽走在回家的路上，早春明亮的阳光把一切都照得明晃晃的，她觉得刺眼，对于一切白的东西，她心里本能抗拒。她觉得她的生活真像一个白色的谎言，而这谎言是她自己撒下的。

拉丽不知道那算不算爱情，那“爱情”给她带来了一个常常让她从黎明忧愁醒来的白色孩子。她常常记起他身上的力士香皂味。他洗澡只喜欢用力士香皂，甚至用力士香皂来洗衣服，极少让拉丽帮他洗衣服。在九个月的快乐时光里（她从不否认那快乐），拉丽给他买了无数块力士香皂。她有时候会羡慕那些香皂，可以变成气味二十四小时依附在他的身体发肤里。那气味会使她莫名其妙地用双臂抱紧自己，打一个寒战般的激灵，她便会无比地渴望他。二十四岁的拉丽在超市里当了三年的导购员后，经过三个月培训，进入如家家政公司当一名家政工。她一向把这个活儿做得兴致勃勃的，不需要动脑子，手脚干净和仔细认真就是这行的过硬技术和口碑，收入也算不错。如家家政公司人不多，一对常州夫妇经营，有九个员工，分成三个小组，收入四六分成。拉丽一向和朗山夫妇配合。干了一年后，朗山夫妇说服拉丽离开家政公司，他们三个人另起炉灶。他们在给家政公司服务时，认识不少客户，出来单干后，报价比家政公司稍低，很快就拉到不少主顾了，三人每月稳稳能拿到四五千块收入。尤其临近节假日，大家都想在干净整洁的家过一个愉快的节，那时候他们天天从早忙到晚，七八千块的收入也是有的。经常有些人在家宴请客人后，打电话给他们，过去收拾一顿晚餐后留下的油腻腻的狼藉杯盘。相对做整套清洁工作来说，这是零散活儿，服务费五十到一百。朗山夫妇一般会把这些零散额外活给拉丽。他们三人曾差一点散伙，朗山的母亲是个六合彩迷，把家败个精光，天天有人堵家门索债，朗山的老婆绿妮一气之下离家出走，两年多后又回来，三人得以继续合伙干老本行。拉丽的事情就出在那两年多的空当期里了。

拉丽不是一个喜欢动脑筋的人。假如可以，她能把家政这活儿干一辈子，把灰不拉唧的肮脏房子擦抹干净的过程，她觉得很享受。她十八岁高中毕业就没再读书。学过一阵子美甲和文身，后来不喜欢闻指甲油刺鼻的化学味儿，把技术荒废了。不过，她倒是学会了一点儿绘画的皮毛，对一幅画能讲点儿什么。人生的所有际遇，都不是偶然的。假如拉丽不做家政，就不会去碧桂园做保洁，假如她对绘画一窍不通，就不会在擦地时走了神，立在老方的油画前若有所思。

“你能看懂？”老方身上一片色彩斑斓，从卫生间探出半个身子。他正在清洗一只颜料碟，一支湿淋淋的扁嘴笔搁在右耳上。她发现老方的右耳长着一颗小肉瘤，若隐若现遮掩在细软的披肩发之下。

“懂一点儿！”她臊得满脸通红。

老方从卫生间出来，拉丽闻到他身上一股暖烘烘的香味，后来她在他的卫生间里发现那块奶白色的力士香皂，是老方身上香味的来源。老方认真看她一眼，用眼神示意她手里的抹布。

“会这个，干吗来干这个？”他问。很难看出他确切的年龄，三十岁肯定有，到底三十几，拉丽有些模糊。在判断人的年龄上，朗山的老婆绿妮是个权威，误差不会超过三个月。他有张近似瓜子的脸，上面有长期睡眠不足和不规律饮食导致的倦态，但，还是很好看的。

“不干这个干什么？”拉丽重又蹲在地板上擦地。她在参加培训时，培训导师告诫，拖把好用吗？好用，站着拖拖就好，省力。如果我们为了省力，家政这碗饭就别想吃了。蹲下来，用抹布一寸一寸擦，干不干净在其次，主人看到的是你诚实的劳动态度，这样的姿态好看，能不干净吗？

“干什么都比干这个好。”老方说，湿漉漉的手往后脑勺拢了一下头发，这个动作差点让拉丽笑起来。

“我觉得这个比哪个都好！”拉丽说，他们打暗语般对话。

“这个有什么好？”老方不屑地说。

“水桶、毛巾、一包洗衣粉、木地板专用清洁剂、厨房油烟去污灵、洁厕灵、力气，是我们挣钱的全部成本。还有比这成本更低的活儿吗？”拉丽认真解释。

“我觉得你这个年纪不应该干这个！”老方也是认真的。

“干这个并不分年龄，我并不嫌弃。”拉丽说，她已经开始擦到老方的脚跟前了，老方后退几步，他退她进。

“我猜你妈妈也是干这个的。”老方叼着杆褐色的烟斗，但他并不点烟。他早就戒烟了，只是爱叼烟斗。

“不，”拉丽抬头瞥了老方一眼，“我妈嫁人去了，过她吃香喝辣的好日子去了。我只能给你这样的富人擦地换口饭吃。”拉丽半真半假地说，朝老方认真地眨眨眼。

老方顿时语塞。这个脸上有两块淡淡高原红的姑娘，手指关节粗大，可能是常年擦地深蹲的原因，臀部很结实，翘而饱满，这是她身上最动人的部分。

“那个，你妈嫁人多久了？”老方又退后几步，她把他逼近了沙发角。

“我高中毕业她就嫁了，嫁到外地去了，天要下雨娘要嫁人，说的就是我。”拉丽说，忍不住笑起来，她脸上的高原红更红了。

“你……”老方拍了一下他的灰色沙发，他被逼得无路可退，抬脚跨过沙发，细软的头发被带起的空气飘拂了一下，拉丽又闻到那缕力士香皂的味道，她打了一个激灵，一股暖洋洋的感觉迅速蔓延她全身。

“你真是个特别的姑娘！”老方大喘了口气。

“哈，是吗？！”拉丽直起身，她觉得老方挺特别的。姑娘？他怎么还会用这词儿，如今对女人的称呼不是老少通用美女吗？

“我要是有钱，就娶你这样的姑娘！”

“呃，你不会的，一个画画的怎么会娶一个给人擦地的保洁员，你开玩笑吧？”她白了他一眼。

这不是玩笑，拉丽给老方做第二次保洁后，老方就收拾他边角有些破损的皮箱，以及一大捆画布离开朋友借给他的房间，住进远嫁的妈妈留给拉丽的一小套旧房里，他成为她的第一个男人，她二十六岁。她瞧着她上方的老方，发现他短小的睫毛浅黄得近乎白色。

“你的睫毛和别人的不一样！”她说。

“不仅睫毛，我和所有人都不一样！”老方气喘吁吁地掐了她的高原红，她闻到他的汗水也有力士香皂的气味。拉丽想抓住这个长发飘飘一心梦想当画家，不屑于出门挣钱的男人。他身上让她神魂颠倒的力士香皂味道，他永远主动认错的好脾气，他脸上淡淡的倦态，像一个巨大的旋涡，把拉丽深深吸进去了。半年后，拉丽把一根验孕棒捏到他跟前，她说她二十六岁了，是个老姑娘了。他可以继续画画，不用出门，她可以养活他们仨，而且不会很吃力。老姑娘拉丽幻想着三口之家的温馨画面，她太渴望这样的家庭氛围了。拉丽对自己的父亲没有任何印象，父亲是死是活，全凭妈妈高兴。她高兴了，拉丽的父亲就活着，在很遥远的地方挣钱。她不高兴了就会说："听着，别在我面前提这个蠢货（有时是畜生），他早就死掉了，你连他的骨头渣子都不会见到，你最好别见！"拉丽模模糊糊记得，她的父亲似乎是个瘸子，而妈妈非常漂亮，但她心里充满了不为人知的怨恨，怨恨情绪和漂亮的五官组成一副刻薄相，妈妈总是叫她"磨人的小妖怪"，这可不是爱称，她的妈妈似乎不会开玩笑。

拉丽觉得她所欠缺的，她的孩子应该替她过回来，好脾气的老方应该是个好父亲。然而老方对她可怕地咆哮起来，要她立刻做了这孩子。他愤怒地撕掉他所有的作品，称拉丽是个阴谋家，他是不会和她结婚的。然后又抽自己的脸，说自己不该像个吸血鬼一样吃她住她还骂她，求拉丽原谅，但孩子一定不能生。拉丽说，孩子在自己的肚子里，她会自己做主。老方骂她蠢，一怒之下连破损的皮箱都不要了，消失在拉丽的生活里。拉丽觉得孩子在，老方一定会回来的。直到她生下奶白色的上善，想起老方淡得近乎白色的睫毛，拉丽知道老方再也不会回来了。

时光慢慢地磨，一天一天地磨，磨她的心，如今，上善快满六岁了，她也三十三岁了，六年，那是怎样的岁月啊！她看见眼角细微的皱纹慢慢变得深了，她那双经年累月操劳的手指关节像男人一样粗大。相比于上天给她的这个奶白色的孩子，这些都不算什么。拉丽从未嫌弃过她的工作，也没觉得谁小瞧过她。她心疼过上善一阵子，是她把她带到这世上，给她这副异于常人的模样，将来孩子因为这副模样吃苦受罪，也得算到她身上，她欠她的。

孩子给她带来过一阵短暂的快乐时光，上善会翻身坐起，会满地乱爬，会口齿不清叫妈妈，清亮的口水流到绣花肚兜上，摇摇晃晃给她拿拖鞋，拉丽会跟随她的每一点变化而高兴。自从上善渐渐变得不苟言笑、对打骂无动于衷后，拉丽就开始讨厌这个白色的小孩了，她觉得她是上天派来惩罚她的，惩罚她的轻率和幼稚。但她始终无法怨恨老方，就像她始终迷恋力士香皂的味道。

她何尝不愿意把她当正常的孩子来看待，但上善不愿意。她尝试过不止一次，上善对她的努力和善意无动于衷。她曾经把她脱得精光，让她光着身子待着，上善就这样呆坐在床上整整一个上午，拉丽最后绝望得好像光身子的是她。

她走了将近一个小时才到家，脱掉外套时，闻到外套干爽而温暖的阳光味道。自从有了上善后，她已经忘记春天的味道了。上善常常坐在小阳台上望向那片长满灌木的矮山坡，她坐的小马扎依然摆在那里。拉丽坐了上去，只能透过被雨水沤得霉迹斑驳的水泥栏杆往外望。那片小山坡敞在午后的阳光下，驳杂，绿得发黑，有几条并不明显的踏痕。远远的边上开着淡粉色的野蔷薇。一只鸟儿也没有。上善到底在望什么？坐在这里她想什么？拉丽做完保洁回来，总看见上善坐在这里，空空的两只手。五岁后，她就很少玩玩具了，她的小床上有一只会转眼珠子的猴子，有时她枕着那只猴子入睡，淡灰色的枕头被她扔到脚边。她听见身后的开门声，便垂下头，显然她正在出神凝望着什么，被身后的开门声打断了，这是少数时候她会对拉丽的行为作出的反应之一。到了入睡时，她会在卫生间里等拉丽来给她洗澡，除此，拉丽在她眼里似乎不存在。拉丽每次回到家里，会觉得更累，那种沉甸甸的、压抑的累。

拉丽在阳台坐了一会，一种空旷的宁静慢慢侵入她的身心。她给大力打电话。

“不去！”大力说。

“不，我要你过来。”拉丽毋庸置疑的。

“哎，我怕那只小白鼠！”只要拉丽的口气稍微显硬，大力便会叹气哀求。

“她不在！”拉丽说，她很反感大力称上善为小白鼠，但她不愿和他计较。

“不在？去哪儿了？”大力犹疑起来。

“这你别管，我要你过来！”拉丽有些凶巴巴的。

“好吧，不过你可别对我撒——谎！”大力似乎躺在床上，挺身而起时把“谎”说得很带劲。他是个长途客运司机，过着昼夜颠倒的生活，工资却并不高。他比她小四岁，他和老方有一个共同特点：不管对错，只要拉丽生气，就主动道歉和好。拉丽有时候分不清到底是真喜欢这个小男人，还是喜欢大力和老方酷似的脾性，也许都有。他给了她一张出勤表，她知道他今天休班。他很少来拉丽这里，一次，还是两次？两次！拉丽思忖着。每次她都把上善关在她的房间里，把孩子的衣物和几个玩具也收起来。大力知道她有孩子，仅仅如此，并不知道孩子在哪里，也许他会认为她离婚了，孩子跟着爸爸。大力第二次来时，正在忙活，突然感觉到有人在门边望着他们，回头一瞧，吓得从拉丽身上滚下来，挪到拉丽身后。拉丽记得他顶住她的硬挺部位迅速疲软下来。那次她很伤心，她觉得这辈子只能和这个奶白色的孩子一起生活了，没有男人会接受这么一个孩子。她每个月会主动给他钱，一两千，她觉得亏欠了他，也不知具体亏欠什么，也许是他比她年轻，他们在一起一年多了。

拉丽开始洗澡，老方走后，她也开始用力士香皂了，不知道她要怀念什么，也许只是一种习惯，人走了，习惯还在，这是幸还是不幸？她黯然神伤起来。

大力从留给他的房门探进上半身，小心翼翼往屋子里瞧，拉丽包着浴巾正好从卫生间出来，她把他从门外拉进来，一只脚把门踢上，整个人立刻贴进他的怀里，她闻到他身上暖烘烘的汗味。春天的味道，到处是春天的味道。大力期期艾艾的，不敢抱她，他的目光在两个房间搜寻着。

“她不在了！”拉丽说。

“你真送去了？”大力才敢抱住她。

“这不是你希望的？”她嗔怪道。

“哪儿呢？我觉得她是真有病，你这个小脑袋为什么总不愿意承认呢？这样其实对她更好。”大力说，把拉丽身上的淡蓝色浴巾扯下来。外边春光灿烂，屋里还是挺冷的，他立刻摸到她身上争先恐后冒出的鸡皮，于是把她抱到房间里。拉丽闭着眼睛，脸埋在大力的胸口。这样多好，她想，只有她和他多好！

“好了，醒醒，别睡着了！”大力要把她放到床上，她两只胳膊却依然吊在他的脖子上。

“我不用洗澡？”大力疑惑地说。每次她会要求他洗澡，她去他那里甚至会带力士香皂去，要求他用力士香皂洗。对于拉丽的要求，大力笑话她像吃奶的婴儿，即便断了奶，也要叼个奶嘴。他从不问她为什么养成这习惯，假如他问，拉丽也许会把老方的事情告诉他。

他们耐心细致地把事情做完，她趴在他的胸口，头发覆盖在他的脸上。

“你从哪儿回来，小姑娘？”大力闭着眼睛问。

“你怎么知道我刚回来？”她抚摸他胳膊上鼓出来的结实的腱子肉。老方瘦而轻盈，冲击力不大，但他能准确捕捉到拉丽的任何细微反应，总能让她心满意足。拉丽酸溜溜称他是老司机，他说拉丽是他一手“开发”的产品，对自己的“产品”当然熟悉。大力就是一身持久蛮力，年轻人的朝气蓬勃也让她欲罢不能。

“你的头发有阳光的气味。”大力说。

“到你告诉我的地方去了。”拉丽说。

“人怎么样，你觉得可靠吗？”大力把手指插进她的头发里。

“挺好的，是个好人，比我好！”拉丽轻声叹了口气。

半个月前，大力有些耳背的母亲在做饭时跟已经出嫁了还带孩子回娘家蹭饭吃的女儿嚷嚷，她晨练时遇见一个退休的特校老师，人家可不得了，练瑜伽的，五十几岁的人能徒手倒立，就是一只手倒立，一只手！她挥着胳膊比画：这位老师想找个不正常的孩子，她研究出一套针对自闭症孩子的治疗法，可惜她退休了，她那套治疗法无用武之地。人家不收钱的，真是菩萨心肠。她的瑜伽练得绝了，劈叉就跟我们拿筷子，毫不费劲！

大力和他母亲要了那位菩萨的地址给拉丽。拉丽想了想，决定带上善去试试，杨老太和善的面相让拉丽决定把上善托付给她。从这一点来看，拉丽觉得大力还是挺关心她的，至少对她有好处的事情，他有心替她留意。

“为什么不能只有我们俩？这样真好哇！”拉丽说，像只猫拱进大力怀里。这像偷来的时光，她很久没有属于自己的时光了。

“好，把小白鼠送给那菩萨得了。”大力抚了一下她的猫脑袋。

“她不是小白鼠，你这个杀千刀的！”拉丽掐他紧实的大腿肉一把，这枚小鲜肉连哼都不哼，已经在手机上开始打游戏，空出来的一只手在她的胸前忙活。他说她的两半球长得很好。

三

拉丽上工时间并不固定，有时从早忙到晚，要做好几套房子的保洁。周末相对少些，大家都想待在家里睡个懒觉，不喜欢被打扰。户主们一般利用上班时间约他们来做保洁，下班回来就是一个干净整洁的家了。这是建立在户主和保洁员相互信任的基础上，一般都是熟客。户主家里有现金、首饰、贵重书画和装饰品，一不小心就会出事情，这是干这一行的大忌，必须相互信任。上工一般都是朗山夫妇电话通知她，拉丽带上保洁工具直奔各式各样的别墅区和普通小区。她的家简陋逼仄，朗山夫妇不是本地人，为摆脱败家成性的婆婆从泉州来到这里，在城市的郊区租住进城农户的房子，婆婆投靠而来，白吃白住继续败家。绿妮离家出走后，朗山把老娘扫地出门。那两年多时光，朗山做过垃圾运输工、快递员，下班就酗酒，差一点成废人……三个人的两年，各有辛酸……别墅区里的户主们车库都比他们的房子大，见多了，人麻木了，也没什么攀比之心。对她和朗山夫妇而言，房子越大收入越多，两百平米的房子肯定要比一百二的收入高。他们一般现场收款，干完活收钱，三人平分，各自回家，从来没让钱在谁的手里过夜。有些户主一时身上没有现金，朗山夫妇也会先垫付给拉丽。他们是外地人，不喜欢生事，能当场结清的事情当场完结。这是拉丽喜欢和朗山夫妇合作的原因之一。大家都是靠体力吃饭，没必要装清高，不去介意一寸一寸擦洗地板换来的汗水钱。

朗山常常开玩笑说，我们家像鸽子笼，没关系，我们整天都住别墅，夏天干活还有空调开开，那些妖精似的兰花，上万块钱一盆，看得最多的也是我们，这些大佬们未必有我们享受。朗山的幽默常常换来绿妮的耻笑。绿妮离家出走两年多后回来，拉丽发现原来还算恩爱的朗山夫妇变得彼此生疏起来，眨眼就能当着拉丽的面吵架。彼此生疏似乎也不对，拉丽一直觉得绿妮哪儿不对劲，吵架总是绿妮先挑起来，嫌弃朗山的穷幽默，朗山身上的烟味，朗山擦洗过的玻璃窗有水渍，各种嫌弃，朗山在拉丽面前抹不开面子，一句一句顶回去，架就吵起来了。

“真有本事！男人的力气不是拿来挣钱养家，是拿来和老婆顶嘴吵架的，我就知道那死婆子养不出什么好货！”绿妮这句话，最终把架推向烈火烹油的处境。朗山往往抹布一扔，袖套一甩就走人。绿妮就开始哭了，边流泪边把活儿干完。绿妮倒没气糊涂，这样的活就当成两个人的工分了钱。

“我也不想这样，就是忍不住，煎熬的！”绿妮说。

她受什么煎熬？绿妮离家出走归来，朗山十年怕井绳，家里钱财尽数由绿妮把着，远远地和母亲保持距离。拉丽开玩笑，搞不好下次绿妮携款出走，你喝凉水的钱都没了。显然朗山并不这么想，他觉得女人多半在意钱，这没什么不好，只要不是贪得无厌就好。人如蝼蚁每天忙忙碌碌，还不是为了多挣俩钱。女人天生缺乏安全感，感情这东西又看不见摸不着，见天嘴上说爱，可爱得表现在具体行动上，不是随风飘散的漂亮话。要怎么表现，血汗钱给你把着，尽你花着，朗山觉得最大的爱莫过于此。绿妮回来后，朗山就把酒戒了，说戒就戒，这一点让拉丽很佩服。他烟抽得并不凶，喜欢在干活时叼一支，抽完了叼着烟屁股，纯粹就像婴儿喝饱了奶，习惯叼个奶嘴。但这支烟总是能燃起绿妮的火气……拉丽觉得有时候确实是绿妮小题大做了。

离家出走那两年多，被人问起时，绿妮总是毫不犹豫地说，能干吗，到发廊当按摩女去了，哪儿都捏，客人觉得哪儿舒服捏哪儿。口气很硬。人家反而没把她往坏处想，无非就是在外面混得不好，在饭店当刷碗小工什么的，受尽了委屈。

有时候她又很好，给朗山买热气腾腾的老公包蛋。那是种东北食物，一个壮实得似乎能活到两百岁的东北大妈做的，在城里某个路口支起三轮摊子。东北大妈说她是随远嫁女儿来的，她说她长得比女婿还高大，哪能好意思在家里吃白食。她是这样做鸡蛋圆饼的：在小平底锅上打两个鸡蛋，撒上葱花，摊成一张面饼，熟后放一根火腿肠，两片生菜叶子，炒熟的土豆丝、绿豆芽，把鸡蛋饼卷起来就成了。

“给，老公包蛋！”东北大妈给鸡蛋卷起的名字。绿妮的好心情，不知由“老公包蛋”引起的，还是好心情给朗山带来了“老公包蛋”。

刚刚又吵了一架，朗山摔门回去了，“老公包蛋”还热气腾腾包在纸袋里来不及吃，油渍浸透大半个纸袋子。他们这次到御苑山庄做保洁，一套两层别墅，三个大阳台，三个客厅，五间大房间，四个卫生间，外加顶楼，差不多三百平方米。

“姑奶奶，我们得把腰累断了才搞得定这房子！”拉丽愁眉苦脸地说。

绿妮扯了条卷纸捂住鼻子，竟然抽抽搭搭哭起来。他们才把一楼搞得差不多，前后两个阳台和厨房还没搞好，厨房一向都是朗山搞的，抽油烟机和橱柜必须蹬上梯子才能擦洗得到，那里油烟污渍重。朗山一走，厨房就得拉丽上了。绿妮是个瘦筋筋、头发有点儿发黄的小个子女人。那两年多的离家出走，似乎她真的吃了不少苦，整个人缩了一圈，动不动就恍惚走神。

刚才朗山说了句狠话：总这么挑剔，还不如别回来！绿妮一直忍着，直到朗山摔门而去，她才开始呜咽。她连哭都不想让朗山看见了。

绿妮比拉丽还小一岁半，她个子小，如今还瘦，像个未发育完全的小女孩。拉丽有时候特别羡慕她，虽然朗山是个干保洁的，男人整天擦窗抹地着实有点儿不着调，可他是个可以让女人依靠的男人，这就够了，还想要什么？她不知道绿妮是怎么想的，她觉得绿妮和上善一样，都不是她所能理解的。

“你到底怎么了？过日子可不能这么折腾，不烦死也会累死！除非你不想过了。”拉丽说。她很担心，绿妮再这么折腾，他们三人迟早又得散伙。

“你生过孩子吧？”绿妮不回答，却爆出个这么令拉丽吃惊的话题。朗山和绿妮都不知道拉丽有孩子。绿妮出走那两年多，她和朗山没见过面，朗山喝醉时会绝望地给她打电话，说些“不如我们凑合过算了”“我保证让你生儿子”的酒话。拉丽觉得好笑，好像绿妮是他“不能生儿子”而离家出走似的。那时候拉丽正在哺乳期，没时间和他磨牙，潦草挂电话。后来朗山对她说，她真是个好女人，晓得“朋友夫不可用”。拉丽差一点告诉他，假如天杀的老方没出现，等绿妮回来时基本没她什么事情了。

“你怎么……会这么想？”拉丽吃了一惊，她低下头，害怕绿妮看见她虚软的目光，她差点没说“你是怎么知道的”。

“那么大一团肉带在身上九个月，怎么会没有一点痕迹呢?！”绿妮若有所思地说，她瞧着灰蒙蒙的客厅落地窗，左边那扇窗有只大头苍蝇，总是往透明玻璃窗上撞，当的一声又撞去，撞晕了头，掉到玻璃窗下了。

“你看看你的胯，明显的，以前你可不是这样。”绿妮说。拉丽走到门后，那儿有一面椭圆的镜子。她背朝镜子，从肩膀上扭头往镜子瞧。

“你看不出，我看得出！”绿妮说。

“瞎说，我生孩子你能不懂？”拉丽有些气恼。

“我不知道！我生了你能知道吗？”绿妮走过去，捡起那只苍蝇，一下子扯掉它的两边翅膀，扔在地板上，看着断了翅膀的苍蝇扑棱着。她没把苍蝇扔到外面，她只是想扯掉它的翅膀看它拼命扑腾。拉丽心悸了一下，想起上善狠心碾死的蚂蚁，突然有种奇怪的想法，她们是不是被某种焦灼情绪折磨着，导致非要通过残忍折磨毫无反抗能力的小动物来释放情绪？

“你还是多想想怎么和朗山把日子过好吧！尽想这些没用的。”拉丽说，她拿起油污净瓶子，打算开始清洁厨房。

“还能怎么好，我扔不下自己的孩子！”绿妮说，她又哭了起来。拉丽吃惊地望着她，她的泪水迅疾地从长着淡淡黄褐斑的脸上落下来。

“你有孩子了？在你出走那两年？”拉丽觉得生活太过于戏剧性。

“女人生孩子，天经地义！”绿妮说，把痛苦扑腾的苍蝇一脚踩死。

“可是，和谁？”拉丽盯住她，她觉得今天的活肯定要干很久。

“以前认识的，在朗山之前，这两年我们一直在一起，在我们那边！”绿妮说，似乎因为说破了心里的纠结，她变得平静下来，要彻底和拉丽把事情说清楚的样子。

“那两年多你是回老家去了？”拉丽说，她看着绿妮开始忙起来，她要做客厅阳台的卫生了。

“我能去哪！但不是我老家那里，离我们老家远着呢。”绿妮说，开始搬动那些花盆，她连手套都没戴，那些花草有些是长刺的。拉丽放下油污净，打算和绿妮一起清洁阳台，她套上黄色胶手套。

“那时很烦，你知道的。我婆婆把家折腾光了，一分不剩，我们整天吵架，我是说我和朗山，那时我们回家吵，我们怕你笑话。为了朗山的妈妈，我们没少吵架，总之很烦。”绿妮说，她开始清扫花盆下枯黄的落叶，把它们堆积起来。以前她会把落下的新鲜花瓣捡出来，带回去晒成花干，装在棉布袋里挂在房间里，说那是天然的香水味。她其实是个挺有生活情趣的女人。

“孩子是男还是女？”拉丽问她，绿妮捡拾好花盆下的杂物后，拉丽就开始拿湿毛巾擦拭干净地板。

“男孩！”绿妮直起腰，眯着眼睛说，“很健康的男孩，怀他的时候我几乎天天吃泡面，你知道的，我喜欢吃泡面，放上点咸菜，那孩子被泡面和咸菜养得白白胖胖的，我差一点生不出。”她的脸上有种灵魂出窍的恍惚表情。

拉丽沉默了。她怀上善时，老方其实已经离开，他是外地人，至今她仍不知道他老家具体在哪儿。她一直坚信老方会看在孩子的分上重新回到她身边，她希望能生下个漂亮孩子，男女都行。怀孕时她吃很多平时舍不得吃的东西，天天吃苹果和酸奶，据说这两种东西会让孩子的皮肤白里透红，还煲猪蹄花生汤，她希望坐月子时有足够的奶水。后来孩子是白了，没有透红，白得瘆人。泡面是个什么东西，绿妮一个瘦巴巴的女人，吃那东西怎么能生出健康的孩子？拉丽有点儿心酸，绿妮总是比她运气好，不知道让她生孩子的是个什么样子的男人。

“他嘛，”绿妮说，“很喜欢孩子的，他也像个孩子。”

“可你回去了，为什么还回来？”拉丽有些酸不溜秋的。

“我以为，你知道的，能放得下那边，我和朗山，毕竟十来年了，”绿妮说，“但回来后不久我就知道了，孩子是另一个你，你能和自己分开吗？”

拉丽沉默着，她想回答“也许能”，但她什么也没说。她问自己，能离开上善吗？有个她不愿面对的铿锵声音在她内心回荡，她觉得她不配做个母亲。

“离开了就抓心挠肺的，你想一想，我这些年过的，孩子快六岁了。”

是的，拉丽想，上善再过四个月就六岁了。

“那你打算怎么办？”拉丽问她。

绿妮沉默了，她们没再交谈。绿妮似乎因为难以启齿的心事得到倾诉，干活变得轻松起来，她们忙了整整五个小时，才做完这套别墅的保洁工作。

“你为什么要告诉我？”她们干完活，拉丽问她，“朗山知道吗？”

“我不知道。”绿妮说，她好像卸下包袱般轻松。拉丽看了她一眼，有时候她也很堵心，也想向谁说点什么，不是吗？

四

抓心挠肺？拉丽怎么会抓心挠肺？上善到杨老太那里去整整两个星期了，拉丽过的每一天都像是偷来般珍惜。大力像个男主人，倒班时都在拉丽家里。至少到目前为止，她没想过去看上善。杨老太在上善去一个星期后给她打过一次电话，她打算给上善小剂量服用一种叫氟哌噻吨美利曲辛片，别名为黛力新的药物，主治轻中度抑郁和焦虑，神经衰弱，心因性抑郁，抑郁性神经官能症，隐匿性抑郁，心身疾病伴焦虑和情感淡漠。杨老太想征得她的同意，拉丽犹豫了一下，答应了。她问杨老太需不需要给她送去医药费，杨老太谢绝了。“并不贵。”她说，迟疑了一下，她又说：“若不忙，可以来看上善，不会有什么影响的，上善现在很好。”拉丽答应了，但她一直没去。

她仿佛又回到了和老方两个人生活的那段日子。上工，买菜做饭，吃饭，和大力在床上待着，做些事情，说些毫无意义却温情脉脉的废话。老方以前会提议去看电影，也带她去看过两次。她觉得电影院里的空气糟糕透了，皮椅散发出来的沉闷气息，看电影的人脱掉鞋子的脚味，吃东西散发的异味，每次都让她头晕脑胀。后来老方租了几张碟子，带她到朋友借给他住的地方放碟子看。拉丽记得看过一个叫《圣殇》的电影，讲述一个冷血无情的男人，他的工作是替人收债，把那些借了高利贷还不起的人弄残废，以他们的保险金来还债务。他遇见了一个中年女人，自称是他的母亲，他不相信，很残暴地对待那女人，但女人还是一如既往对他好，男主渐渐打开心扉并最终信任了她。为了母亲他准备辞掉这份残忍的工作，就在这时，母亲突然不见了，他四处焦急寻找，寻找中得知女人并不是他的母亲，而是一个被他残忍迫害至自杀的男子的母亲。男主逼死了她的儿子，她为了让男主尝到失去亲人的痛苦假扮他的母亲。品尝到了母爱，又失去了母爱，男主痛不欲生，最后选择自杀了。那个暮春夜晚，下了场很大的雨，拉丽记得看完电影，老方倚进她的怀里，手探进她蓝色毛衣下，揉捏她柔软的乳房，在越来越沉静的雨声中渐渐睡去。在拉丽还不算漫长的前半生中，有过几个让她感到无底深渊般深沉的孤独时刻。一个是她读小学四年级时，有一天放学回家，她被几个高年级女生莫名其妙堵进一条偏僻巷子里。她们嘲笑她的裙子，羞辱她稍微显得肥厚的下嘴唇，朝她身上吐唾沫，让她品尝她们还发育不全的拳脚。拉丽紧紧靠在墙角，面对她们的拳脚时，她没感到多少惧怕，只是觉得这世上站在她这边的只有身后那堵墙，她孤单无助地面对整个世界对她施与的辱骂和拳脚，孤独战胜了惧怕。另一次是她高中毕业时，妈妈远嫁了。她记得那个初秋混沌的早上，有淡淡的薄雾，她帮妈妈把一顶系着黑色丝绸蝴蝶结的遮阳帽拿下楼，妈妈提一个巨大的行李箱，那里面有她一年四季的衣物和廉价的化妆品。她扔掉好几双半新半旧的粗跟皮鞋，她的行李箱连一根头发都塞不下了。她哀哀地叹息，说她最喜欢那双浅红色的皮鞋了。妈妈从没告诉她她要嫁的人是谁，只说是在北边。她一想到北边，脑海就出现一片宽广无垠的土黄色，光秃秃的，灰尘漫天，偶尔有枯死的树木站立在荒野。拉丽不知道妈妈为什么要嫁到“北边”去。拉丽告诉她，她安顿好了，给地址可以帮她邮寄这些鞋子过去。妈妈摇摇头，毫不犹豫把那几双鞋子扔进垃圾桶里，像扔掉她过去的日子。拉丽明白了，妈妈是担心她去找她。她站在楼下望着妈妈渐渐陷入初秋的薄雾里，回头看看身后黑洞洞的楼梯口，有一种前行后退都是绝壁悬崖的孤独。那天早上，拉丽攥着妈妈留给她的五百块钱，在楼梯口坐到薄雾散去，当刺眼的阳光穿透薄雾而来时，她的泪水才渐渐渗出来。秋天已经来了，接下来她将一个人迎来寒冷的冬天……那天晚上，老方蜷在她的怀里睡去时，雨声带来了那种蚀骨的孤独感。她望着沉睡中的男人，有一刻觉得这个男人既熟悉又陌生，她的生活变得虚幻而模糊不清起来。

……

“我挺喜欢这孩子的。”杨老太在电话里告诉她，“她很聪明，已经开始认字了，能记住些字了……她没你想的那么糟糕，你只是缺乏和她相处的技巧。”杨老太的声音清晰而纯净，听不到任何其他杂音。拉丽把手机紧紧贴近耳朵，希望能听到点别的声音，比如说话的声音、笑声、吃东西的声音、走动的声音、搬动东西的声音，但很安静，让人觉得只有杨老太一个人。

“我希望她没给你惹麻烦！”拉丽喃喃自语般地说，“你不知道，我为她操心死了，睡前发愁，醒来发愁，做梦都发愁。我妈妈在我十八岁时嫁人走了，但我过得好好的。我和我妈都各有各的活路。上善这个样子，我没有一点儿活路，我的路全是死路，她离开我怎么活……我希望她将来能独立。”

拉丽沉浸在诉说的难受劲里。“我不想去，我是不想去的，我吃了很多苦头，我想安安静静待几天，让那些愁人的事情消停消停……”拉丽呓语般地对着手机说，好久才发现她们的通话其实已经结束了。她害怕接到杨老太的电话，杨老太的电话打得很有规律，一般在周日早上九点过后。拉丽告诉过她，她的保洁工作没有休息天。杨老太还是固定在周日早上给她打电话，告诉她一些上善的事情。这样的电话拉丽接了五次还是六次了，上善已经离开一个多月了。有一次，杨老太让上善和她说两句，她听到电话给别人接去的声音，但却没人说话。杨老太在那头温和地说："和妈妈打个招呼，小天使！"然而这是一个沉默的"天使"，最后杨老太放弃了让她们通话的打算，告诉她，上善有时候和她对上几句话，事情正在朝好的方向发展。

正朝好的方向发展！拉丽闭上眼睛。

进入五月后，天气开始渐渐转热。这座城市冷不会很冷，热也不会很热，像一个好脾气的人。拉丽把上善夏天的衣物收拾出来，打算等杨老太来电话时，告诉她她打算给上善送夏天的衣物过去，她已经有差不多三个月没见上善了。然而拉丽等了两个星期，依然没接到杨老太的电话。

有一天早上，大力夜班车回来，带给她一个消息。他的妈妈说杨老师不知道从哪儿弄来一个外国孩子，天天带着她在火车站对面的小广场上画画。外国的孩子真是好看，粉白粉白的，连睫毛都是白色的。大力哈哈大笑，拉丽觉得这个小男人有点儿不知好歹，她开始忧虑起来。她总是活在忧虑之中。

拉丽在午饭后去了火车站。

相对于整条南昆铁路来说，莫纳站只是一个过路小站，每天有五六趟火车来往，匆匆来，放下一些人，匆匆去，带走一些人，咆哮着奔跑，对谁都不留恋。这个站前的小广场，其实没发挥它“让旅客落脚歇息”的作用，沦为大妈们早晚跳广场舞的场所。广场两旁是一溜专等挣乘客钱的愁眉苦脸的小卖部和快餐店。附近的老头老太们来这儿遛鸟，遛孩子，下棋，聊天上地下的事儿，谈黄昏恋，人倒也不少。

拉丽不知道上善在这地方待上一阵子，得尿湿多少条裤子。

她很快就找到她们。她们在一个蘑菇亭下，面前摆着两个画架子，画看起来相当体面的火车站大门。上善穿一条浅蓝色短袖纱裙，白色的长蕾丝袜裹住她强壮的小腿，脚上和裙子一个色的小网纱靴子。脑袋上戴一顶淡黄色遮阳宽檐帽子，白色的头发被扎成小辫子，小巧地垂在她的脖颈上，发梢扎了个鲜亮的蓝色蝴蝶结。毫无疑问，这些都是杨老太自己掏钱给上善买的。她似乎长高了一些，看起来像个白人洋娃娃。杨老太坐在一张小马扎上，对上善的画进行细心指导。上善站得笔直，杨老太朝她望时，上善与她对视，露出清浅的笑容。拉丽站在围观的人群里，她发现上善笑起来居然有一对深深的酒窝，挂在她奶白色的脸上。拉丽吃了一惊。三岁之前，上善会笑，那时候拉丽并未见她有这么一对让人心疼的酒窝。酒窝是什么时候长出来的？她还记得她爱吃放了白糖的豆腐脑，颤颤巍巍抓着小勺子向她的嘴巴伸过来，请妈妈吃一口。放了红糖的豆腐脑她就生气了，磕磕巴巴说豆腐脑被弄脏了。如今她还爱吃吗？她还记得她们之间有过的短暂快乐时光吗？三岁之前，她也给她买过几个漂亮的蝴蝶结，她们真心实意地爱过彼此，也许她早就忘了……

拉丽魂不守舍地站在人群里，上善不仅会笑了，似乎也不尿裤子了，杨老太轻轻抚她笔挺的后背，鼓励她画站前的芒果树，她拿笔的细小手腕灵巧扭动起来。她画画很奇怪，先画树的叶子、枝条，最后才把树干画上去，她把芒果叶子上成了红色，树干是棕色的。杨老太捏了捏她的小胳膊，叫她仔细看看，围观的老人们笑起来。上善扔下水彩笔，捂住脸笑得两个小肩膀不断抖动。

才三个月，不，还差十天，她就对她笑了。拉丽嘟囔着离开小广场。她给杨老太打电话，告诉她明天过去看上善。第二天一早，拉丽起来时，大力伸出胳膊一把抓住她的脚踝。她知道他喜欢在早上折腾，他会把自己绷成一张弓，肌肉和骨骼蓄满力量，她喜欢摸他胳膊上隆起来的腱子肉……拉丽掰开他的手，她的脑海总是浮现出上善奶白色脸上的酒窝。在路上，拉丽拐进超市给上善买了一个旺旺大礼包和一箱纯牛奶，她喜欢喝牛奶；给杨老太买了两包绿豆马蹄糕点和两瓶蜂蜜。她第一次去杨老太家时，注意到角柜上有瓶已经吃了一半的洋槐蜂蜜。到那里时，杨老太和上善刚吃完早饭。拉丽看见上善攥着两双筷子站在桌边，显然在帮杨老太收拾饭桌。她细软的白发扎成丸子头，别一枚亮晶晶的发卡。以前拉丽总是给她剪锅盖头，方方正正覆盖在她的脑袋上。这孩子打扮起来，还真是挺好看。上善看见拉丽，她的鼻翼骤然张开，瞪着拉丽的瞳孔瞬间放大起来。她一下子捏紧筷子，仿佛在抓一根救命稻草。杨老太叫她和妈妈打招呼，她一直低头，拉丽朝她走过去，站在她面前时，上善的身体怕冷般轻微打了个寒战，接着，从她的裤裆上淅淅沥沥滴落下液体，她又尿裤子了。拉丽愕然望着杨老太，杨老太神色严肃地看她一眼。

“上善，没事的，每个人都会犯点儿小错误，你觉得对吗？奶奶昨天打碎了一只碗，还把上善的遮阳伞忘在小广场了！”杨老太温言安慰她，“上善能自己处理好这件事的，对吗？”杨老太蹲下来，把筷子从上善手里掰开。“对吗？上善？现在我们应该去把裤子换掉，对吗？”

上善轻微点一下头，慢慢朝房间走去。她的拖鞋沾了尿液，在地板上踩出湿漉漉的鞋印子。她进了房间，轻轻合上房门。

“你坐！”杨老太温和地招呼拉丽。

“杨老师，这是……怎么回事？”拉丽几乎要哭了，她养育她差不多六年，她却把灿烂的笑容给一个只相处三个月的人，而对她尿了一裤子。

“你先坐，别急！”杨老太安慰道，她拿来拖把，拖干净地板，“要不你洗一洗我们的锅碗吧。”杨老太见她手足无措，给了她放手脚的活儿。拉丽很快进入窄小而干净的厨房，平时很可能是杨老太做饭，上善在一边递给她盛菜的碟子，杨老太教她哪种是饭碗，哪种称盘子，饭勺和汤瓢又是怎么回事，拉丽的心隐隐作痛地揪起来。今早她们吃麦片粥、煎鸡蛋和凉拌黄瓜丝。拉丽通常会给上善买包子和一盒牛奶，冬天把牛奶放进热水里温一温。无论谁都不能说她不是个称职的妈妈，她做了她们的生活允许她做的事情。至于麦片粥、煎鸡蛋和精细的凉拌黄瓜丝，她觉得一辈子都没法做这样的早餐，不是钱的问题，而是她们对生活的态度和要求不一样。

“我实在不知道怎么回事。”干完活儿，两个人坐在客厅里，拉丽黯然神伤地说，她瞥了一眼上善合上的房门，“我辛辛苦苦生养她，她却连句话都不肯和我说。”

“她没跟我说任何关于你们生活里的事情。”杨老太说。

“我不是这个意思，我并不担心她说什么，我们的生活也没什么不可说的。”拉丽说。

“孩子是会说的，假如她感到快乐。”杨老太说，她给她倒了杯水，里面有一些晒干的陈皮丝，被开水冲出一缕淡淡清香。她的生活真讲究。拉丽暗想，盯住那些在水杯里舒展的陈皮丝。

“你喝得惯吗？初夏喝一点陈皮好，上善会放两粒冰糖，她喜欢喝。”杨老太说。

“没关系，我不讲究的。你是说……上善和我在一起不快乐？”拉丽有些迷茫。

“你快乐吗？你和孩子在一起的时候。”杨老太反问她。

“小时候，三岁之前，还好的，她不爱说话以后，就……”拉丽说。

“你的感觉就是她的感觉，情感是相互的，就像力气一样，你觉得一个人在对你使力气，其实你也在朝对方使力气。”杨老太说。

“可是她还那么小。”拉丽说。

杨老太往上善的房门瞧一眼。“孩子其实比我们大人敏感。我们总是觉得生养了她，她就该按我们的意志去做每一件事，其实不是这样的。是父母带孩子来这个世界，而不是她自己要来，对吗？假如孩子能选择，她一定也会选择那些她所喜欢的父母，而不是你这样的，或者我这样的，总之是她喜欢的人。你说是吗？”

拉丽有些愕然，她从没从这个角度考虑过。她辛辛苦苦生育她，她需要她有所回应，比如爱她，对她笑，和她说话，懂得体谅并感恩她的付出，她觉得这些是应该的，这难道不是普天下父母所想？而且她比别的孩子更让当妈的操心。

“也许你觉得我说得不对，你仔细想一想……父母都觉得养育孩子辛苦，其实多半的父母都是自私的，养育孩子是当父母的需要，因为你想为人父母，想家庭周全，生与不生决定权在父母，而不是在孩子，中国的孩子一生都是父母的私人财产，很少能为自己而活，孩子其实比父母更苦。”杨老太盯着拉丽的目光依然和蔼，但说话的口气似乎变得硬朗了，或者硬了。

拉丽沉默着。确实，老方当初极力反对她生上善，是她一意孤行，想用孩子来留住她想要的周全。当初，是的，当初，孩子只是她的砝码，她的初衷带有很强的目的性，似乎并没有，爱……

“假如你把孩子也理解成为你的私人财产，我也可以理解，毕竟生养孩子不容易……这些天我一直带她到户外去，我们去看油菜花，去人多的地方，超市、火车站、汽车站、广场，坐公交车，她已经不怕别人盯着她了，她甚至在汽车上会给老人让座，她进步很快。”杨老太看起来很欣慰。

“可是她，”拉丽舔了舔嘴唇，水杯香气袅袅在她的手上，她忘了喝，“我应该是她最熟悉的人，她为什么还尿裤子？”

“也许你觉得你是她最熟悉的人，但她不这么认为，她的种种不正常的举止，也许是来自你给的压力，或者说打击。”杨老太说。

“压力？打击？”拉丽惊讶起来，“我怎么会给自己的孩子压力和打击？她一天什么都不做，衣来伸手、饭来张口的。”

“她从没要求过吃什么、穿什么，对吗？”杨老太问。

拉丽沉默了，确实，她没太多心思等着上善选择，她对她们的生活从来都是一刀切，她觉得她还是个孩子，自食其力才有权利对生活做出选择。

“自食其力才有权利对生活做出选择，对吗？”杨老太笑着说。

拉丽吃了一惊，她是怎么看透她的心思的？她笑了笑，有些不好意思。

“上善，你爱穿哪件裤子就穿哪件，奶奶觉得你穿哪件都好看的！还有，你忘记把湿裤子放进卫生间了！”杨老太朝上善屋子喊。

上善的房门一点点移开，她换了条淡绿色的裤子，从渐渐打开的房门低头走出来，手里攥着那条被尿湿的裤子。

“这，裤子真好看！”拉丽差一点叫起来，绿色裤子配紫色上衣，活脱脱的烂牛肉色，也只有孩子才会这么穿。

上善把裤子拿进卫生间，出来时，手里多了一把小小的淋壶。

“今早奶奶忘记浇花了，谢谢上善！”杨老太赞许她，她经过拉丽身边时，对杨老太羞怯的笑倏然隐去，怯生生看她一眼，拉丽像被烫着一般。

“孩子其实没多大问题，也许我们需要改变自己……你叫她小白鼠？”杨老太盯住拉丽。

“小白鼠？没有，有谁会……这么叫自己的孩子。”拉丽说，她突然想起大力曾经戏称上善是只小白鼠，他对她说了些什么？这头只会使蛮力的牲口。拉丽在心里暗暗诅咒。

“孩子很敏感，也许我们是无意的。”杨老太说。拉丽点点头。阳台上的上善躬着细小的腰肢在淋水，她拨开叶子，把水淋进花根下。她在家从没这么细心做过一件事，拉丽觉得她除了张嘴吃饭，什么都不会。吃完饭她板板正正坐在饭桌边，拉丽叫她走，有时忍不住叫她滚，她才像个机器人般僵硬地离开饭桌。她一直以为她什么都不会，至少不会主动。实际上她什么都会，她在拉丽面前隐藏起真实的自己。她想起在她面前独白式的唠叨，实际上她都听进去了，并且像只浑身是刺儿的刺猬般记仇。

可是，哪个孩子不被自己的父母责骂和讨厌过？她的妈妈曾骂她好吃懒做，将来只能靠卖皮相混饭吃。

从杨老太家出来时已是正午，刺眼的阳光照在她略显倦态的脸上。上善的变化让她高兴，上善对自己的态度让她感到彻骨伤心。肯定不会那么糟糕的，她安慰自己，杨老太只用三个月就改变了她，而她生养了她，她应该不会那么狠心的，她得努力一把……大力，至于大力……电话这时候响起来，她觉得应该是朗山夫妇找她做保洁。昨天他们做了三套房子，做到最后一家时，两口子又拌嘴了，朗山一气之下朝绿妮屁股踢了一脚，然后叫她滚蛋。绿妮一直默默流泪，直到把活儿干完。拉丽夹在夫妻俩中间，无奈而尴尬。她觉得绿妮肯定是晕了头，和朗山夫妻那么多年，无一男半女，出去眨眼的工夫，儿子都生了。

拉丽掏出手机，果然是朗山的，她摁下接听键，朗山在那头撕心裂肺号啕，把她吓一跳。

“拉丽，拉丽，你知道……她为什么要走吧？我不知道她是想走，还是想回老家，我待她不薄啊，昨天我踢她那脚根本就没使劲，我哪儿舍得呢！”朗山哭诉起来。拉丽还没见过一个男人哭得这么凄惨，声音像被抽打似的一颤一颤抖着。

“她又走了？喂，你能先消停消停吗？怎么回事？我事先一点儿都不知道，她没跟我说什么，她是什么时候走的？也许只是去哪里逛了。”拉丽安慰他。

“早上，我不知道，我早上出去游泳，回来就不见了。车祸，你知道吗？车祸，死了两个人……我昨天踢她根本没使劲儿。”朗山语无伦次起来，拉丽打了个激灵，车祸？死了？

“什么车祸，你说清楚，你哭什么？把话说清楚，坐班车？她要去哪里？福建？她……你现在在哪儿？好的，我过去。”拉丽挂了机，使劲闭上眼睛，她感到一阵眩晕，捧住头站立片刻后睁开眼睛拦辆的士赶往医院。

绿妮已经盖上白布了，白色的床单有一片被血浸透的污痕，拉丽有一瞬间感到天旋地转，她希望眼前的一切只不过是她疲劳过度产生的幻觉。朗山坐在床边的椅子上，头几乎埋到膝盖里，交叉的十指神经质般轻微颤抖。

“朗山……”拉丽过去碰了碰他。

朗山抬起头，脸上有种麻木的平静，泪痕未干。

他瞅了眼床上，又看拉丽一眼。他给她递了张被卷成一根小棍子的纸条，拉丽展开一看是张车票。

“一会儿汽车站的人要来。”朗山说，嗓子像被人捏住似的，“车刚出城就出车祸了，他们在她的电话里找到我，她连行李箱都带走了。”朗山斜眼看床下，拉丽发现一个蓝色拉杆布箱，很干净，旁边地上放着绿妮常穿的透明塑料凉鞋。

“都是我的错，”朗山揪住头发，他干号了几声，只是干号，“女人受了委屈喜欢回娘家，她一定是想回娘家了，可她以前不这样的。她像变了一个人，我越来越不了解她了。”他终于哭出来。

拉丽没说什么，她实在不知道该说什么。绿妮对她说孩子的事时，她就知道她会再次离去，她想不到她会走得这么彻底。朗山是个高大的男人，从此再也没人依靠他了，也许绿妮从来没想过要依靠他。她只想让她的儿子有依靠，一个女人想让自己的孩子有依靠，这没什么错，假如这是错的，那什么又是对的？

拉丽过去轻轻掀开白床单，绿妮的头部好好的，一枚浅红色的发卡熠熠生辉别在她有些散乱的细软黑发上。她的脸色很平静，嘴角正溢出一些小血泡。据说一根钢筋刺穿了她整个心脏，她不敢将床单再往下拉，迅速盖好床单。

“司机也死了。”朗山说，“和一辆载满钢筋的加长货车迎头相撞，车头完全毁了，她坐在前位上。她那么迫切想回去，她为什么一定要坐在那里呢？”朗山揪着头发，好像头发里藏着答案。

拉丽一直陪着朗山，后来汽车总站的领导和交警来了。一直到下午，绿妮才被推进太平间。

拉丽回到家时已是霞光满天。初夏的傍晚暖洋洋的，空气中飘浮着芒果花淡淡的香味，美好得好像什么都没发生过。可是绿妮已经真的没了，变成一具冷冰冰的尸体。昨天她和她还在一起，她看见她脸上滑落的泪水，她隐忍着泪水干活的模样回想起来让拉丽心碎。可是人就这么真的没了啊，这世界真是太匪夷所思了。

拉丽进了门，蜷进沙发里发怔，然后她摸出手机，打了杨老太的电话，她请上善接电话。那边安静了，她知道上善在听。

“上善，”拉丽拖着哭腔，“上善，”她哭了出来，“你听着，你听着，妈妈爱你，听到没有？妈妈爱你！”然后她挂掉了电话，蜷进沙发角里像只受伤的小兽哀哀哭起来。她没注意到大力在房间里，他从里面出来，摸摸她的脑袋。

“滚，你给我滚，滚得越远越好！”拉丽尖叫起来。

“怎么回事？”大力盯住她满脸的泪。

“我叫你滚！”她扬起她的包朝他砸过去。

五

五天后，绿妮火化了，她已经冰凉的躯体被翻来覆去检查数次。朗山不断被叫去医院，每次他都受不了，他总是揪自己的头发，捶打自己的脑袋。那几天他的牙床肿得老高，脸都变形了，说话颠三倒四，胡子拉碴，头发凌乱，看起来像个随时会朝什么人挥拳头的人。其实他几乎什么都不能做，像个神志不清的醉鬼，所有事情都靠拉丽帮忙，他在需要签字时才动动手。火化那天，绿妮的家人来了，她的弟弟和妈妈木木站着，他们甚至都没哭。她的妈妈反反复复说，她离开家快十年了，她离开家快十年了，好像这是个不用伤心的理由。朗山把绿妮生前戴的几件金首饰交给她妈妈，他说会有赔偿，他会把赔偿款交给他们，她的妈妈才呜呜咽咽哭起来。她戴着一只看起来质地像塑料的玉镯子。

绿妮的事情处理完后，朗山简直成了拉丽的影子。他需要不断干活，和拉丽在一起干活，干着干着，便蹲在地上抱脑袋哭起来。拉丽不得不安慰他，他便抱住拉丽哭，像一个被亲人遗弃的孩子。没活干时，他不断给拉丽打电话，早上，中午，黄昏，半夜，颠三倒四说些关于绿妮的话：她带走了他们一半的存款，她好像不是要回娘家，她为什么不全部拿走？他宁愿她全部拿走了。他们的存款他一分都不会给绿妮的妈妈，那是个重男轻女的自私老女人……他们其实一直没领证，他后悔干吗不叫她去领个证呢？女人在意这个，是不是，拉丽？拉丽不知怎么回答，只好对他说，一切都过去了，一切会好起来的。拉丽也不断打电话，早上，中午，黄昏，不过她从来不会超过晚上九点给杨老太打电话。每次上善都不说话，拉丽就给她讲她三岁以前的事情。她会翻身了，坐起来了，然后会站，她的牙龈变得硬了，常常咬她黑莓似的乳头。接着长牙齿，她一直吃奶到十一个月，若不是她把她的奶头咬得太狠，她打算让她吃到一岁的。她的奶水特别旺盛。上善喜欢喝牛奶，她不喜欢酸奶，给她酸奶她就像个碰到麻烦事的大人紧皱着眉头，也许她不记得了……她连续几天去看望上善，她从没这么迫切地需要这个奶白色的孩子，好像孩子是她的救命稻草，好像上善随时会离她而去，她甚至提出要把上善接回家，不管她变成什么样子，她只想和她的孩子待在一起。上善垂着扎麻花辫子的脑袋，她又在她面前尿裤子了。拉丽想给她换裤子，上善哭了起来。杨老太安慰她不要着急，孩子在慢慢变好，需要一点时间，一切会好起来的。

会好吗？拉丽自言自语。她突然想起老方，那个有一副忧郁面孔、会画画、老想着突然有天爆红的男人。除了妄想症，其实他人一直很好，从来不对拉丽说不字，从不顶撞她，除了在生孩子这件事上，他们没红过脸吵过架，他会摸着她的头发叫她戴珍珠耳环的姑娘，那时候他卖了一幅画，给她买了一对淡粉色的珍珠耳环。她一点儿都不怨恨老方，不，从来就没怨恨过，干吗要怨恨呢？孩子是上帝给的礼物……她记得那位基督教主顾对她说过的话。

她在步行街遇见大力，她从来没见过他这副样子，两条光膀子刺着左青龙右白虎，黑色的棉质背心让他看起来……朝气蓬勃，他的头发在后脑扎成一根小辫子。大力一直喜欢飘柔，而拉丽总是强迫他洗力士。她有差不多两个月没见大力了，他的左耳上还戴一只金色的耳环。大力不是一个人，一个眼圈抹得乌青、皮肤瓷白的女孩吊在他的胳膊上，短小的蓝色亮片 T 恤露出一片白生生的胸脯和穿了孔的肚脐眼。大力很大方，搔了搔头发，对女孩说这是他……远房的姐。拉丽竟然无波无澜，她觉得大力的胳膊上应该吊这么一个嫩生生的女孩，而不是一双整天替人家擦洗厨房油烟和卫生间的手。对于大力，拉丽极少有幻想，不是不可能，而是完全不可能，但她不能因此忽略掉他给她带来的紫云英蜂蜜般滑腻的甜美。她对女孩笑了笑，新潮女孩看起来不像她的外表大胆时尚，腼腆低头一笑。拉丽觉得这女孩子还是挺纯良的。她对大力说：可别……欺负人家姑娘！就这样要擦肩而过时，大力转过身对她说，有事情需要帮忙，他做了一个打电话的姿势，深深看她一眼。那一刻，拉丽觉得有一种混沌的疼从心里洇出来，她点了点头。年轻人的每一天都很宝贵，而他把宝贵的一年多时间给了她，她不能再有所抱怨了。她知道他们之间不再可能了，假如老方回来，他们之间也不可能了。他给她留下一个足够改变她一生的孩子，而多半时候，她并不怨恨他，大概是爱得不那么深吧。拉丽有些伤感，离开她的每个人都那么平静而决绝，老方、绿妮、大力，没有任何回旋余地。

上善……她再也不能让她离开了。

还好，他们的保洁工作没受多大影响，只要有工，朗山便会给她打电话，有时候会到离她家最近的路口等她。他的摩托车上挎着水桶、洗涤用品、毛巾，连绿妮的也带来了。拉丽犹豫着告诉他，这些该扔掉了，尘归尘土归土，离去的就不要再有念想了。朗山不吭声，拉丽叹了口气，建议朗山多找一个人，两个人一天做几套房子，不仅慢，体力上也吃不消。朗山却跟她谈论绿妮赔偿的问题，他说大概得十三万,一条生命，他不知道保险公司是怎么算的，但他不打算找他们理论了。人都没了，大概绿妮的妈妈也不会去纠缠的，她只在意一捆钱什么时候到她手里。她天天打电话来询问，绿妮的弟弟很快就要结婚了。后来朗山把车站、交警以及保险公司的电话给了她，她才消停。

“假如绿妮生过孩子，我是说，她出走的那两年，她在外边生了孩子，你会知道吗？”拉丽试探着问，话一出口她便后悔了，干吗要去翻一个死人的旧事？

朗山沉默起来。也许他什么都知道，拉丽想。他几乎每天晚上临睡前都会给她打电话，有时候说着说着便沉默了，两个人都听到从电话里传来对方的呼吸声。拉丽大概明白朗山的意思，而她什么都不能想，至少现在不能，她得把全部的心思放在上善身上，她得让上善变成一个会说会笑会爱自己妈妈的孩子。

拉丽依然天天给杨老太打电话，一般是晚饭后。她会问上善晚饭吃什么，今天帮奶奶浇花了吧，她分辨清楚绿色和蓝色没有，今天杨奶奶教了哪几个字，假如上善愿意，她打算送她去上学，她会有很多同学和朋友。七月十三号的傍晚，上善在电话那头说了句：绿的是叶子，蓝的是天空！拉丽攥着手机，她听见自己的心脏急促的跳动声。

“上善，你再说一句，跟妈妈说点什么，你喜欢什么，妈妈有，都给你，你怎么又不说话了？”她语无伦次起来，而上善再也不肯出声了。

两个星期后，杨老太邀请拉丽前去看望上善，她有两个星期没去看望上善了，杨老太建议“要给孩子时间”。

上善一直盯着她，她看起来似乎又长高了些。在没有她陪伴的日子，她悄悄成长了，拉丽感到内疚。她应该在她的眼里一点点长起来的，她该准确知道她每个月的体重变化，然而她什么都不知道，她忽略她太多了。拉丽带来的礼物她连看都不看，她只是盯着她。不，上善并不是盯着她的双眼，她一直盯着她的……肚子。拉丽伸出胳膊想要抱住她，她的身体一挺，浑身变得紧绷绷的，使劲闭起双眼。孩子面对突然而至的恐惧事情通常是这副模样。上善到底没有逃避，也没再尿裤子。拉丽抚摸她僵直的后背、小巧的脖颈，她闻到她身上薰衣草般淡淡的清香，那是她细软的白发散发出来的洗发水香味。哦，她终于让她接触她的身体，终于不再逃避她的怀抱。上善什么都没说，只是直挺挺地让她抱住，直到杨老太叫她去给妈妈倒杯水，拉丽才放开上善，湿漉漉的目光跟随她小小的身影在房子里走动，她去拿杯子，踮起小脚尖拿饭桌上的茶壶倒凉白开，她瞧她小心翼翼把水杯递给她。拉丽急促地吸着鼻子，这是她多少次盼望的，回到家里，乖巧的女儿给她端来一杯水……拉丽接过水杯，她依然直直站在拉丽面前，盯住她的……肚子。

“我可能疏忽了一个问题。”把上善打发到房间里给画好的花草上颜色后，杨老太有些担忧地轻声说。

“什么？”拉丽望着房间里的孩子。

“我给她看了女人生产的过程，”杨老太说，“我是说，我给她看了女人剖腹产的过程，是影音资料，特校里有这类片子，属于教学资料。”她朝房间望一眼，“剖腹产后，肚皮上是会留下疤痕的，我忽略了这个。后来我又找了顺产的影像给她看，可能剖腹产对她影响太深，她觉得顺产是假的！我解释了，但她一直拒绝相信。你是，顺产？”杨老太问她。

拉丽点点头。“她一直盯着我的肚子看，是因为这个？”

“是我疏忽了，我想让她知道妈妈是怎么艰辛地把孩子生下来的，每个孩子来到这个世界不容易，我可能急于求成，误导了她。”杨老太说。

“你的意思是，她很感兴趣看我的肚子有没有那道生产她时的疤痕？”拉丽有些吃惊。

“很可能是这样。这几天她睡觉时一直轻轻抚摸我的肚子，我没生过孩子，这她知道。”杨老太说。

“假如她看到我的肚子没有那么一道疤痕，可能会认为我不是生她的妈妈？”拉丽问。

“目前她会这么认为，所以，我还得想办法让她相信，并不是每个生了孩子的妈妈都会在肚子上有道疤痕。”杨老太说，“是我的失误！可能需要一个相当长的过程，你知道，这孩子性情有些执拗！我花了好多心思才让她相信‘小白鼠’是一种爱的称呼。她好像很在意这个，她认得老鼠吗？我这很少有老鼠。我们去菜市场和家禽市场，我教她认识各种小动物，但没有老鼠，我不确定她是否认识老鼠，她认识老鼠吗？”

拉丽点点头，她想起曾经在房间里恶毒诅咒过闯进她们房间的老鼠。有一次她下套子抓到一只肥硕的老鼠，把它关在笼里，放在阳台上，让它慢慢饿死以杀一儆百。老鼠后来真的饿死了。上善会不会认为拉丽也会这样对她这只“小白鼠”？她在她的心里种下了恐惧和恶的种子。她沉默起来，内心充满刺痛和愧疚。

“这孩子，其实没多大毛病，她常常一个人待在家里——这是她说的，她还非常害怕独处时有老鼠进来——晚上也害怕有老鼠，你和她过早分床睡了。”

“是的，是的……她三岁就开始自己睡觉。说起来也许您会笑话我，有时候我早上醒来，转个身，碰见这么个发白的孩子，我自己都怕。我没想到她也会怕，这是我疏忽了。”拉丽说，她觉得她快要哭了。三岁，四岁，五岁，六岁，上善独自害怕地熬过多少个夜晚?!

“我们一直睡在一起，她睡觉很安静。那间房子，”杨老太朝上善待的房间望去，“只是放她的衣物，有时候我们也会睡在里面。”她轻声说。

拉丽点点头。

“您为什么不结婚？”拉丽突然问道。杨老太似乎面对这类提问太多了，很安详地笑着。

“你为什么想知道？”她问道。

“我只是好奇，也许你和上善一样，受什么影响了。”拉丽说。

杨老太笑起来。“我的父母，没有一天不吵架的，我父亲甚至会砸东西，我妈妈常常离家出走，有时半个月，有时整整一个学期，他们从根子上败坏了我对婚姻的向往。我还有一个姐姐，结过两次婚，都离了，没有一男半女，人也已经去世了。她一辈子活在恐惧中，总是担心她的丈夫会随时离去……我觉得我适合一个人过，我对婚姻没有足够的信心。”

拉丽惊愕万分，她没想到杨老太会这么坦诚，她觉得她这性情应该是应对万事万物都游刃有余的，没想到她也有无法克服的心理阴影。

“但您是特校老师。”拉丽说。

“特校老师也是人。”杨老太说，“而且，那时候我还小，小时候落在你生命里的阴影很可能会伴随你一生。特校这个工作给我的好处就是能够让我正视内心的阴影，选择适合自己的生活方式。”杨老太站起来，到小饭桌旁给自己倒了杯水。

拉丽沉思着，从来没人这么有启发性地和她谈话。杨老太睿智、理性，假如她是一位妈妈，无疑会教育出很出色的孩子，小时候的遭遇让这么美好的女性也有了无法克服的软弱。她的上善，她还不到六岁的上善，以后会成为什么样的人？拉丽深深忧虑起来。

屋内的光线不知什么时候暗下来了，上善从房间里走出来，手里拎一把蓝色雨伞。拉丽和杨老太才发觉天似乎要下雨了。杨老太微笑着把上善拉进怀里。

“要下雨了，是给妈妈吗？”杨老太摸摸她的辫子，“我们的上善知道关心妈妈了。”

孩子显得有些羞涩。

“是给我吗，上善？”拉丽朝她伸过手，上善松开雨伞，目光划过拉丽的腹部。杨老太忧虑地看了拉丽一眼。

“上善，你愿不愿跟妈妈回家？”拉丽问道。

上善一下子紧靠到杨老太怀里，两只胳膊抱住杨老太的手臂，仿佛拉丽此刻就会把她强行带走。刺痛从拉丽心底蔓延上来，她几乎要哭了。

从杨老太家里出来不久，雨就下了。拉丽一直攥着那把蓝色雨伞舍不得打开。她湿漉漉地上了公交车，在城中的环球超市下来。她在超市收银台处花了两块钱买了一把飞人牌刀片。会有点疼，她想。但还有什么比得上生上善那时候疼？那种疼就像二十四根肋骨同时折断了。能造成一条疤痕的疼应该要比生她那时的疼轻得多，应该要缝针的，必须要缝针，就当是再生一回吧。哦，亲爱的上善，只要你肯相信妈妈是爱你的，什么疼妈妈都能忍受，她想。剥开刀片的包装纸，薄薄的刀片看起来并不锋利，闪着乌黑的光泽。

请记下你与日子的美好相遇

请记下你与日子的美好相遇

请记下你与日子的美好相遇

请记下你与日子的美好相遇

请记下你与日子的美好相遇

请记下你与日子的美好相遇

请记下你与日子的美好相遇

请记下你与日子的美好相遇

请记下你与日子的美好相遇

请记下你与日子的美好相遇

请记下你与日子的美好相遇

请记下你与日子的美好相遇

请记下你与日子的美好相遇

请记下你与日子的美好相遇

请记下你与日子的美好相遇

请记下你与日子的美好相遇